書下ろし

黒《くろ》猿《ましら》

風烈廻り与力・青柳剣一郎㉕

小杉健治

祥伝社文庫

目次

本所界隈
源森橋
水戸家下屋敷
小梅村
中之郷瓦町
中之郷八軒町
業平橋
押上村
中之郷竹町
中之郷原庭町
松倉町
北割下水
法恩寺橋
柳島村「妙見堂」
御竹蔵
寺島村
三囲神社
向島
吾妻橋
大横川
竪川
弥勒寺橋
北森下町
小名木川
高橋
海辺大工町「尚古堂」
扇橋
十万坪
仙台堀
北
西
東
南

「黒猿」の舞台

入谷「心願寺」
谷中「白雲寺」
山谷堀
浅草阿部川町「伊右衛門店」
浅草
不忍池
本郷
蔵前
三味線堀
湯島天神
神田佐久間町
神田川
柳森神社
茅町
駿河台
百本杭
柳原通り
松枝町
神田岩本町「増田屋」
牢屋敷
小伝馬町
汐見橋
両国橋
隅田川
江戸城
通旅籠町「樽見堂」
「天水屋」
南町奉行所
日本橋
浜町堀
新大橋
霊岸島
三十間堀
八丁堀
永代橋
深川

第一章　濡《ぬ》れ衣《ぎぬ》

一

朝から北風が強く吹きつけていた。砂埃《すなぼこり》が舞うたびに、道行くひとは立ち止まって目を押さえる。

風烈廻り与力青柳剣一郎《あおやぎけんいちろう》は同心の礒島源太郎《いそじまげんたろう》と大信田新吾《おおしだしんご》を伴い町廻りに出ていた。

失火や不穏《ふおん》な人間の動きを察知して、付け火などを防ぐために風烈廻りは見廻りをしているのだ。ふだんは礒島源太郎と大信田新吾が見廻りをしているのだが、風の強い日は剣一郎も見廻りに出る。

突風をやり過ごしてから、剣一郎たちは再び歩きはじめた。町中には木綿《もめん》の綿入れに小倉帯《こくらおび》を締め、千草色《ちぐさいろ》の股引《ももひ》きの小僧の姿が目立つ。

「きょうは藪入《やぶい》りですね」

礒島源太郎が小僧のほうに目をやって言う。

正月十六日は藪入りだ。十三、四歳からおよそ十年の年季奉公《ぼうこう》に出た丁稚《でっち》は主人より新しい着物を与えられ、小遣いをもらい、親元に帰るのだ。ふた親と共に浅草寺《せんそうじ》奥山《おくやま》などに遊びに行ったり、墓参りを済ませたり、親戚の家に行ったりして一日、日暮れまで思う存分過ごすのだ。もっとも、大店《おおだな》によっては遠国出身の者が多く、とうてい故郷に帰ることは不可能だ。そういった小僧たちはまとまって誰かに芝居見物などに連れて行ってもらうのだ。

剣一郎たちは本郷《ほんごう》から下谷《したや》、浅草《あさくさ》を通り、蔵前《くらまえ》から浅草御門《ごもん》をくぐった。さらに、そのまま馬喰町《ばくろちょう》から小伝馬町《こでんまちょう》に差しかかった。

前方から背中を丸め、俯《うつむ》いて歩いて来る男がいた。剣一郎はふとどこかで見かけたことがある男だと思った。

伸びた月代《さかやき》、くすんだ顔色、おぼつかない足取り。風呂敷包を提げている。四十近くに見える。すぐには思いだせなかったが、小伝馬町という場所から牢獄を連想して、思い当たる人物に行き着いた。

『増田屋《ますだや》』の下男だった伝助《でんすけ》だ。『増田屋』は神田《かんだ》岩本町《いわもとちょう》にある古着屋だ。伝助はそこで昨年から下男として働いていた。

歳は見た目よりはるかに若い三十前後のはずだ。

そうか。きょうお裁きがあり、放免になったのか。

伝助は店の金五十両を盗んだかどで捕まっていたのである。


剣一郎が伝助を知ったのは小伝馬町の牢屋敷から吟味のために南町奉行所に連れられて来たときだった。

九日前の正月七日。剣一郎が外出をしようとしたとき、たまたま仮牢に向かう伝助を見かけたのだ。

鈍重《どんじゅう》そうな大男が、小さな丸い目で何かを訴えるように剣一郎を見ていた。もし、牢屋同心に注意をされなければ、剣一郎のところに駆け寄って来たのではないかと思われた。

思うに、伝助は剣一郎の左頰《ほお》の青痣《あおあざ》を見て青痣与力だとわかり、すがりつこうとしたのではないか。

剣一郎の左頰には若き日に受けた傷が青痣として残っている。押込み事件に遭遇したとき、単身で押込み犯の中に乗り込み、賊《ぞく》を全員退治した。そのとき負った頰の傷が勇気と強さの象徴として、人びとに畏敬の念をもたせた。いつしか、青痣与力と呼ばれるようになったのは、その後の数々の剣一郎の活躍があったからであろう。

正義と真実のひとであり、弱い者の味方であると人びとは青痣与力を尊敬するようになった。

伝助も青痣与力だと気づき、何かを訴えようとしたのではないか。これから吟味を受けようとする者が何を訴えようとするのか。それは、無実の叫びではないのか。

剣一郎はそう思った。そう思ったのも、男の小さな目がきれいな澄んだ色をしていたからだ。

さっそく、剣一郎は伝助の罪状を調べた。

伝助を捕らえたのは定町廻り同心の植村京之進《うえむらきようのしん》である。同心詰所に顔を出すと、幸い京之進がまだいた。

京之進はまだ三十そこそこ。若くして定町廻り同心になった切れ者で、剣一郎に心酔している男であった。

京之進から聞いた話はこうである。

事件が起きたのは年末の二十日。煤払《すすはら》い大掃除の夜だった。

店が忙しいために、大掃除は夕方から夜にかけて行なわれた。出入りの大工、仕立て職人、鳶《とび》の者たちが手伝いにきて、掃除が終わったのが五つ半（午後九時）ごろ。それから二間続きの大広間で手伝いに来てくれた職人たちに酒を振る舞い、お開きになったのが四つ半（午後十一時）近かった。

皆が引き上げたあと、女中たちが酒席の後片付けをし、『増田屋』の主人幸兵衛《こうべえ》が居間に戻って金箱の中を調べると、確かに仕舞ったはずの五十両がなくなっていた。それから、幸兵衛は信頼のおける番頭と手代のひとりを呼び寄せ、五十両がなくなったことを告げた。

金箱に五十両を仕舞ったのは番頭であり、そのとき手代も確かめていた。そして、幸兵衛も金箱を受け取るとき、中味を調べている。

本来なら土蔵に仕舞うところだが、次の日に支払いがあり、金箱を居間に置いたのである。

幸兵衛がすぐに騒ぎ立てなかったのは大掃除を手伝いに来た出入りの職人たちに迷惑をかけることがあってはならないと思ったからだ。

番頭も手代も困惑したのは、そのことだった。もし、自身番に知らせれば、大掃除を手伝いに来てくれた職人たちにも調べが入る。その前に、自分たちで調べようとした。

金箱を居間に移したのは、主人夫婦の部屋の掃除を一足先に行ない、掃除が済んだあとで、七つ半（午後五時）ごろだった。それ以降は、居間には誰もいなかったが、近づく者もいなかった。誰かが部屋に入れば、庭の掃除をしていた下男の伝助の目に入るはずだった。

その伝助に訊《たず》ねると居間に入ったのは主人夫婦以外にいないと答えた。ただ、問題は大掃除のあとの酒宴だ。

酒宴の最中に何者かが居間に行き、金箱から五十両を盗んだ可能性が高かった。酒宴の最中に外部の人間が入り込んだ可能性は少ない。

裏口に錠はかけてあり、庭木戸を抜けて庭から居間に行こうとすると、台所を通らなければならず、ひとが通れば誰かの目に入った可能性が高かった。

だが、女中たちはずっと庭を見張っているわけではない。酒や料理の支度《したく》をしていたのだ。用心深く、暗がりに身を隠して通れば、誰にも気づかれずに居間に行けるかもしれない。

幸兵衛は女中頭を呼び、番頭たちといっしょに酒席の様子を思いださせた。酒席に加わった出入りの職人は十名。それに、番頭や手代ら奉公人が六名。主人夫婦に伜《せがれ》の孝助《こうすけ》も酒席にはべった。

皆、最初から酒をあおり、かなり盛り上がっていた。厠《かわや》に立つ者もいたが、職人たちの中に居間に行った人間はいない。奉公人も同じだ。そう確信した。

すると、宴席に加わっていなかった者の中に盗人がいることになる。酒や料理の支度をしていた女中の他には下男の伝助しかいなかった。

幸兵衛は数日前の餅つきで伝助を叱ったことを思いだした。なにしろ、動作がのろいので、杵《きね》と臼《うす》を庭に出すのにえらく時間がかかった。そのことで、皆の前でこっぴどく叱ったのだ。

そのことに恨《うら》みを持っているのではないか。こうして、幸兵衛は伝助に疑いを向けたのだ。

伝助は口入れ屋の世話で、去年の夏から『増田屋』で働くようになった。幸兵衛は伝助の、鈍重だが実直そうなところを買って下男に雇ったのだ。

翌日、幸兵衛は自身番に盗難を訴えた。

その調べに入った京之進は改めて、奉公人に宴席の様子を聞き、そして、大掃除の手伝いをした職人たちにも会って話を聞いた。

やはり、誰も居間には行っていない。幸兵衛が言うように、当時、誰にも注目されなかった下男の伝助が唯一、疑わしい人物だった。

そのうえで、伝助を調べた。伝助は台所の脇の小部屋で寝起きしている。京之進がその部屋を調べると、果たして五十両が出て来たのだ。

金のことを問い詰めると、伝助は口を喘《あえ》がせるだけで何も満足に答えられなかった。そして、決定的だったのは、幸兵衛の伜の孝助が酒宴が盛り上がっているとき、居間にものをとりに行ったら、居間のほうからあわてた様子で走って来た伝助を見かけたと言い出したのだ。

孝助はまさかという思いがあってきょうまで黙っていたのだという。

こうして、二日後に、伝助はお縄になり、小伝馬町の牢屋敷に送られた。

正月を牢獄で過ごした伝助は正月明けの七日から吟味がはじまったのだ。伝助の吟味を受け持ったのが吟味与力の橋尾左門《はしおさもん》で、剣一郎の伜の吟味与力見習いの剣之助《けんのすけ》が吟味に加わった。

どうやら、伝助は無罪放免になったらしい。しかし、遠島《えんとう》以上の宣告は吟味与力が小伝馬町の牢屋敷まで出向いて言い渡すが、無罪の言い渡しはお奉行がお白州《しらす》で行なうはずだ。だとすれば、奉行所からここまでやって来たことになる。

伝助の足は岩本町に向いているようだ。

「ちょっと先に行っていてくれ。すぐ追いかける」

剣一郎はふたりの同心に声をかけ、伝助のあとを追った。

『増田屋』に向かうのか。剣一郎はあとをつけた。

やはり、前方に『増田屋』が見えて来た。

だが、伝助は途中で立ち止まった。なにかもじもじしている。どうして、まっすぐ『増田屋』に行かないのか。

何か思うところが伝助にはあるのかもしれない。


夕方になって、風が治まった。剣一郎はあとの見廻りを礒島源太郎と大信田新吾とに任せ、いったん奉行所に戻った。

すでに、吟味与力の橋尾左門は帰ったあとで、奉行所内で剣之助に訊ねるのも憚《はばか》りがあり、そのまま仕事の後始末をして帰途についた。

剣一郎が屋敷に戻ると、珍しくるいと志乃《しの》のふたりが多恵《たえ》と共に出迎えた。

るいと志乃は実の姉妹のようだ。

「お帰りなさいませ」

るいと志乃がまるで声を合わせたかのように言った。

しかし、剣一郎は少し戸惑いながら軽く会釈《えしゃく》をして奥に向かった。剣一郎は女三人がいっしょにいるのが気に入らなかった。

ひょっとして、るいの縁談のことを話し合っていたのではないかと勘繰《かんぐ》ってしまうのだ。るいは、志乃が剣之助といっしょになった歳に達しており、あまたの縁談が舞い込んでいるようだ。

着替えを手伝う多恵に、剣一郎はきいた。

「三人で何の相談だ?」

剣一郎は自分でも声が震えを帯びていたのがわかった。

「るいのことではありませんからご安心を」

剣一郎の心を見透かしたように、多恵はすました顔で答えた。

「いや、別に」

あわてて、顔を背けたが、内心ではほっとしていた。

決してるいを嫁にやるのがいやなわけではない。ただ、るいの壻《むこ》になる男は自分が見込んだ男でなければならない。そういう男はなかなかいないということだ。剣一郎は、あえてそう自分に言い聞かせている。

るいの件ではないとすると、はっとした。

「まさか、志乃にややこが?」

剣一郎は先走ってきいた。

「そうではありません。気にし過ぎでございましょう」

剣一郎は軽くたしなめられた。

それからしばらくして剣之助が帰って来た。

「剣之助。教えてもらいたいことがある。あとで部屋に来てくれ」

「畏《かしこ》まりました」

そして、夕餉《ゆうげ》のあと、庭に面した部屋で差し向かいになった。夜になれば、冷えてきて障子は閉めてある。

「父上、お話とは?」

剣之助が潑剌《はつらつ》とした声できいた。

「昼間、小伝馬町で、伝助を見かけた」

剣一郎は切り出した。

「そうですか。じつはきょう、伝助は無罪放免になりました」

「うむ。喜ばしいことだが、吟味ではどういう経緯《いきさつ》があったのだ?」

「はい。じつは『増田屋』の主人幸兵衛が伝助の罪を軽くするように嘆願《たんがん》してきたのです。実害があったわけではなく、伝助も反省している、店から罪人を出すのもしのびないのでご慈悲《じひ》を願いたいと訴えたのです」

「それを聞き入れたというのか」

「そうです。あの伝助という男は鈍重そうな男ですが、決して悪い男ではありませぬ。罪にしないで済むならそうしたいと、橋尾さまが仰《おつしや》いました」

剣之助はいきいきと話を続けた。

「それで、橋尾さまが思いつかれて、幸兵衛がついうっかり大事なことを忘れていたということにしたのです。つまり、あの五十両は酒宴の最中に居間に誰もいなくなるのは不用心だから、伝助に預かってもらっていたことを思いだしたと詮議《せんぎ》のときに訴えさせたのです」

「そんなからくりがあったのか」

剣一郎は眉根《まゆね》を寄せた。

「奉公人の中から罪人を出したくないという思いと伝助への哀れみから、幸兵衛は伝助を助けたいと思ったのです。このような温情ある裁きになったのも、偏《ひとえ》に橋尾さまのはからいです。さすが、橋尾さまです」

剣之助はいたく感服し、昂奮《こうふん》していた。

確かに、幸兵衛の勘違いだったことにすれば、事件そのものがなかったことになる。しかし、そのことを考えついた左門に、剣一郎は落胆せざるを得なかった。

「で、幸兵衛にはどのような罪が与えられるのだ？」

剣之助は虚を衝《つ》かれたような顔をした。

「罪もなにも、幸兵衛には何の落ち度もありません」

「幸兵衛の勘違いは事実ということで記録される。しかし、これは単なる勘違いで済まされる問題ではない」

「どういうことでございましょうか」

剣之助の表情も変わってきた。

「よいか。幸兵衛の勘違いで、伝助はおよそ二十日も牢獄に留め置かれたことになる。したがって、その勘違いをした幸兵衛の罪は大きいと言わねばならぬ」

「しかし、それはあくまでも伝助を助けるための方便です。その方便に対して罪を与えることはいかがでしょうか」

「いや。方便と知っているのは左門や剣之助だけであり、他の者はそれがほんとうだと思うであろう。それなのに、幸兵衛に何の咎《とが》もないというのは納得出来ないのではないか」

「では、父上は幸兵衛を裁くべきだと仰るのですか」

「そうだ。今度は幸兵衛を裁かねば、御法をないがしろにしたことになる。勘違いだろうが、ひとの自由を奪った罪は大きい」

「でも、幸兵衛は好意から自分の勘違いだと主張したのです。そのことに罪を与えるのは忍びなくはありませんか」

剣之助は法はひとを裁くためと同時に、ひとを救うという目的もあるのではないかと訴え、温情ある裁きに杓子定規《しゃくしじょうぎ》に法を持ちだす必要はないと論じた。

「はじめて詮議のために奉行所に連れて来られたとき、伝助は私に何かを訴えようとしていた。伝助は自分は無実だと訴えたかったのかもしれない」

「そうでありましょうか。吟味のときでも、伝助は無実を訴えませんでした。もし父上の思うように無実なら、なぜそのことを訴えなかったのでしょうか」

「左門も剣之助も、伝助が五十両を盗んだと考えているのだな」

「はい」

これ以上、議論を重ねても結論は出まい。

伝助を助けるためとはいえ作り話をした。そのこと自体、お白州を貶《おとし》めることになるのではないのか。もし、幸兵衛の勘違いの自白を採用するなら、幸兵衛になんらかの罪を科すべきである。それが出来ない裁きはいびつであると剣一郎は改めて強調したかったが、剣之助には受け入れられないと思った。

ある意味、剣之助は温情のある裁きに携わったことに酔っている。そんな気がした。

「まあ、この件は、いつかまた改めて話し合おう」

「はい。でも、いくら父上に対してでも私の考えは変わらないと思います。失礼いたします」

剣之助は何ものにも屈しない若者らしい覇気《はき》を見せて言った。

剣一郎はなんとなく不安を持った。確かに、伝助が無罪放免になったのは結構なことだが、果たして十分な取調べをしたのか。

幸兵衛は自分が罪を受けてもいい覚悟で、勘違いだと主張したのか。罪を問わないという確信があってのことではなかったのか。

それ以前に考えなければならないことがある。今回の裁きは、伝助が五十両を盗んだという前提に立っているのだ。果たして、ほんとうに伝助は金を盗んだのか。

幸兵衛の伝助を助けたいという情に惑《まど》わされ、左門と剣之助は正常な判断が出来なかったのではないか。

襖《ふすま》が開いて、多恵が入って来た。

「珍しく剣之助と激論を交わされていたようでございますね。剣之助の昂奮した声が、聞こえました」

「そうか。御法と人情にどう折り合いをつけるか、難しい問題だ」

多恵の意見を聞いてみたい気もしたが、言葉を呑《の》んだ。

若い頃は、よく多恵の意見を聞き、おおいに役立ったものだ。四十近くになって、剣一郎もだんだん世の中のことがわかってきて、自分に自信がもてると、多恵を頼ることも少なくなった。

もっとも、剣一郎が迷っていたり、行き詰まったりしたら、多恵はいろいろ忠言をしてくれただろう。

多恵には相変わらず町人や近在の百姓までが諸々《もろもろ》の相談に訪れているようだ。中には与力である剣一郎への頼みごとがあってやって来る者もいるが、ほとんど多恵の力で解決出来ているのだ。

もし、多恵が男だったら、すばらしき吟味与力になったであろう。

「何をお考えですか」

多恵がきいた。

「いや。相変わらず、そなたに相談ごとを持って来る者も多いのであろう」

「何も出来ませんが、聞いてあげることで安心していただければと思っております」

「志乃に、そなたのような真似が出来ようか」

「だいじょうぶでございます。志乃は聡明な女子にございます。きっと、私以上に剣之助を立ててくれると思います」

「そうあって欲しいものだ。ところで、ふたりの祝言が延《の》ばし延ばしになっているが？」

「はい。剣之助はその気がないようです」

志乃はすでに他の旗本の子息との縁談が調っていたのを、剣之助が横取りした形になっていて、当面は祝言を挙げることを遠慮していた。だが、もう時間も経ったことであり、けじめをつける時期かもしれぬと思うのだ。

「ふたりの間ではいまさら祝言などという思いでいるのでございましょう。世間に対して跡継ぎのお披露目《ひろめ》ということも、私どもには不要かとも存じます」

奉行所の与力風情《ふぜい》が仰々《ぎょうぎょう》しく祝言を挙げる必要はない。多恵はそう言っているのだ。

確かに、婚礼に割《さ》く金銭のゆとりもない小禄《しょうろく》の武家では祝言など行なわず、そのままいっしょに暮らしはじめる例が多いのだ。

「るいが嫁ぐときには……」

多恵が口にしかけて、あわてて止めた。

「すみません、私としたことが」

「いや、別に」

剣一郎は触れられたくない話題に苦いものを口に含んだような顔になっていた。

「いま、何刻か」

剣一郎は話を逸《そ》らすようにきいた。

「そろそろ、五つ半（午後九時）になりましょうか」

「もう、そのような時間か」

剣一郎がそう呟《つぶや》いたとき、微《かす》かに半鐘《はんしょう》の音を聞いた。

とっさに立ち上がり、障子を開けて濡縁《ぬれえん》に出た。

日本橋川《にほんばしがわ》より向こう側から聞こえて来る。小網町《こあみちょう》か小舟町《こぶなちょう》辺りの自身番の半鐘か。鐘のつき方からして、そこから少し離れているようだ。

朝からの強風が夕方に治まっていたのは不幸中の幸いだった。だが、しばらく雨も降らず、空気はからからに乾燥していた。燃えやすくなっているということが不安だった。

それに気になることがあった。小網町や小舟町辺りから遠くに火の手が上がるのが見えたとすると、昼間、剣一郎たちが見廻ったところが出火もとではないか。

しばらく濡縁で佇《たたず》んでいると、半鐘の音が大きく、間隔が狭くなった。火事が大きくなったようだ。

しばらくして、風烈廻り同心礒島源太郎の小者が屋敷に駆け込んで来た。

「お知らせ申し上げます。神田岩本町より出火。火の回りは速く、延焼しているとのことにございます」

「ご苦労」

剣一郎は使いの者に言い、すぐに部屋に戻って外出の支度をした。

二

翌朝、焼跡に朝陽が射し込んで、瓦礫《がれき》を照らしていた。

岩本町の町家とその周辺にある武家屋敷が焼け、辺り一面焼け野原と化していた。

家を焼け出されて行き場のないひとたちのために、お助け小屋の普請《ふしん》がはじまり、焚《た》き出しもはじまっていた。

向かった。

瓦礫の片づけをはじめている人びとを見ながら、剣一郎は植村京之進のいる場所に

ゆうべ、剣一郎が駆けつけたとき、この一帯は紅蓮《ぐれん》の炎に包まれ、家屋が燃え崩れる轟音《ごうおん》がすさまじかった。

十数軒の町家とふたつの旗本屋敷、数十の小禄の武家屋敷が被災したが、この周辺の区域を受け持ちにする一番組の『い』組、『よ』組などの火消の活躍により、それ以上の焼失を防ぐことが出来た。

怪我人はたくさん出たが、死者はひとりだけだったという。強風が止んでいたのが不幸中の幸いであり、さらに出火時刻もまだ寝入る前の五つ半ごろだったことも幸いだった。それでも、犠牲者が出たのは残念なことである。

京之進が鳶の棟梁《とうりょう》たちと瓦礫の周辺を調べている。火事場掛与力と同心の姿もあった。商家の主人と番頭らしい男が説明をしている。

「青柳さま」

京之進が気づいて、剣一郎に挨拶《あいさつ》をした。与力と同心も剣一郎に会釈をした。

「火元はわかったのか」

剣一郎は京之進に声をかけた。

「はい。あの辺りがもっとも燃え方がはげしく、それから黒焦げになった竹筒が見つかりました」

「竹筒？」

「はい。そこに微かに油の臭いが」

「なんと。付け火の可能性があるとな」

「はい」

ふと、剣一郎は地べたに倒れている焼け焦げた看板を見つけた。微かに、『増田屋』と読めた。

「ここは『増田屋』のあった場所か」

きのうの昼間見かけた伝助の姿が脳裏を掠《かす》めた。

「はい。『増田屋』の主人幸兵衛と番頭に立ち会ってもらっていますが、最初に火の手が上がったのは『増田屋』の裏手の物置です。おおよそ火の気のない場所です」

「火元が『増田屋』の裏手というのは確かか」

『増田屋』は旗本屋敷と隣接している。その旗本屋敷のほうが燃え方がはげしかったように思えた。

「はい。竹筒が見つかっていますので」

京之進が答えた。

幸兵衛は憔悴《しょうすい》した表情で、火事場掛与力の質問に答えている。

そこに羽織に着流しの武士がやって来た。細身に鋭い目付きの男だ。三十前か。ふたりの若い武士を連れていた。

「火盗改め横瀬藤之進《よこせふじのしん》配下の与力大江伝蔵《おおえでんぞう》と申す。火の元を検《あらた》めたい」

勝手に乗り込んで来た火盗改めの与力に、京之進はむっとして、

「ただいま、南町で調べておりますゆえ、しばらくお待ちください」

と、立ちはだかった。

「奉行所の人間に何が出来よう。我らに任せたまえ」

大江伝蔵は傲岸《ごうがん》な態度で言う。

「お待ちくだされ」

剣一郎は伝蔵の前に出た。

「そなたは青痣与力どの。ここは我らに任せていただき、南町の方は瓦礫の片づけに専念されたし」

伝蔵は不敵な笑みを浮かべた。

この大江伝蔵とは横瀬藤之進の屋敷で会ったことがある。

「ここにいるものは火事場掛かりの者にて火事場を検めることに長《た》けております。調べが済みましたら、横瀬さまのほうにお知らせいたします。どうか、お引き取りを」

「いや、我らが独自で調べたほうが早い」

「こういう不毛なやりとりをしていても時間の無駄でございます。どうか、お引き取りください」

「ならぬ」

「これ以上、調べの邪魔をなさらぬように重ねてお願い申し上げます」

「なに、我らが邪魔をしていると申すのか」

「そうは思いませぬか」

「なに」

伝蔵は血相《けっそう》を変えた。

「周囲に町の衆もたくさんおります。火盗改めの評判を悪くして、横瀬さまのお顔に泥を塗るようなことになってもよろしいのですか」

伝蔵は辺りを見た。

鳶の者や焼跡を片づけに来た男たちが冷たい目で伝蔵たちを見ている。その視線に、伝蔵ははじめて気づいたようだ。

「覚えておけ」

捨て台詞《ぜりふ》を残し、大江伝蔵は配下の者と共に引き上げて行った。

「なんという横柄《おうへい》な連中なのでしょう」

「横瀬藤之進どのは当分加役《かやく》で、本役《ほんやく》ではない。本役になりたくて、手柄を立てることに躍起《やっき》になっているのかもしれぬ」

火盗改めは本来は一組であり、御先手《おさきて》組の他の組頭《くみがしら》が務めることになっている。御先手組は若年寄《わかどしより》の支配で、御先手弓頭と御先手鉄砲頭とに分かれている。戦時のときは先備えとなるが、平時は閑職《かんしょく》である。そこで、この御先手頭が火付盗賊改め方を割り当てられたのだ。

だが、火盗改め一組だけで手に余れば、もう一組火盗改めを増やすことになっている。これまでにも火事の発生しやすい十月から三月までに第二の火盗改めを設けることがあった。

もとからの火盗改めを本役、第二の火盗改めを当分加役という。横瀬藤之進は当分加役であり、いわば臨時だ。

横瀬藤之進は手柄を積み上げて本役になろうとしているのに違いない。火盗改めで手柄を上げていけば、上のお役に就《つ》くことも出来る。御先手組の者にとっては出世の正念場でもある。

火元の確認から、付け火であることがはっきりした。

「誰かに恨まれるような心当たりはないか」

京之進が幸兵衛にきいた。

「いえ。ございません」

隣にいる番頭も頷《うなず》く。

「付け火があったのは五つ半ごろだ。何か不審なことに気づかなかったか」

「まったくわかりません」

幸兵衛は首を横に振った。

「番頭さんも何も気づかなかったのか」

「はい。ゆうべは冷えていましたから、早々と雨戸も閉めて、皆家の中におりました。庭に出るものはおりませんでしたから」

「庭に入り込み、火を付けたものと思える。塀には忍び返しがついていたと思うが?」

「はい。ついておりました。ですから、塀を乗り越えることは難しかったと思います」

「すると、裏口から忍び込んだか」

「錠はかかっていました。私が確かめました」

番頭が口をはさんだ。

「すると、どうやって中に入ったのか」

京之進が小首を傾《かし》げた。

剣一郎は竹筒が気になった。

「きのう、伝助が放免になった。そのことは知っているな」

京之進が幸兵衛に訊ねた。

「はい。放免になったら、お店に顔を出すように伝えてもらっていたのですが、結局現れませんでした」

剣一郎は聞き咎《とが》めた。

「伝助は現れなかったのか」

「はい。ただ、手代が申すには、午《ひる》ごろ伝助らしい男が店の前に立っていたそうですが、伝助だったら顔を出すはずです」

なぜ、伝助は顔を出さなかったのか。伝助が店先まで行ったことは、剣一郎も確かめている。

伝助は迷っているふうだったが、敷居が高くて躊躇《ちゅうちょ》しただけで、その後、店に入って行っただろうと思っていたのだ。

なにしろ、伝助は幸兵衛の訴えによって無罪放免になったのである。幸兵衛に対して恩誼《おんぎ》があり、まず幸兵衛に挨拶に行くのがほんとうではないか。いや、そのつもりで、『増田屋』まで来たのであろう。

なのに、どのような心境の変化があったのか。そして、伝助はあのあとどこに行ったのであろうか。

「伝助の落ち着き場所に心当たりはないか」

剣一郎はふたりに確かめた。

「さあ、ありません。あの者は私のところに住み込んでましたが、ほとんど外には出ませんでした」

幸兵衛は言う。

「どこにも出かけないのか」

「はい」

「あっ、そういえば」

番頭が何かを思いだしたようだった。

「旦那さま。伝助は月に一度、柳森《やなぎもり》神社にお参りに行ってました。お国にいる両親の無事を祈っていると言ってました」

「そうだったな。お参りは毎月欠かしたことはなかったようです。昼の空いた時間に行っていたようです」

幸兵衛も頷きながら付け加えた。

「でも、すぐ近くですから半刻（一時間）ほどで帰って来ていました」

「柳森神社か……」

ひょっとして、昨夜、伝助は柳森神社の社殿の床下にでも潜り込んで寝るつもりだったのかと、想像した。

剣一郎はふと『増田屋』の敷地の向こう側に目をやった。武家屋敷だ。きれいに焼け落ちている。ただ、小振りな土蔵だけが形を残していた。その前に若党《わかとう》らしき侍と中間《ちゅうげん》ふうの男の姿があった。

「あそこはどなたの屋敷だ？」

「はい。旗本の西田主水《にしだもんど》さまです」

「犠牲者は、その西田主水さまの家来の用人で丹沢甚兵衛《たんざわじんべえ》どのです」

京之進が教えた。

「なに、西田さまのところの用人だと？」

「はい。若党の松戸和之助《まつどかずのすけ》どのの話では西田さまは風邪気味で薬を飲んで早めに寝間《ねま》に入ったとのこと。寝入ってしまったため騒ぎに気づかず、丹沢どのが助けに行き、自分が逃げおくれたのだと嘆いていました」

西田主水の屋敷もきれいに焼き尽くされていた。出火元に隣接しているので、あっという間に火が移ったのだろう。

自分が犠牲になって主人を助けた用人の忠義に、京之進は感じ入ったように話した。

剣一郎はその場を離れてから、焚き出しに並ぶ被災者たちに目を這《は》わせた。まさか、この中に、伝助がいようとは思わなかったが、それでも探す目になっていた。

剣一郎は柳原《やなぎわら》通りを突っ切り、柳原の土手に向かった。

柳森神社に着いてから、剣一郎は社務所《しゃむしょ》に顔を出した。

「きのう、大柄《おおがら》なのんびりした感じの男がここに来なかったか。その者は毎月、ここにお参りに来ているようだ」

御札を売っている巫女《みこ》姿の女はすぐにわかったようだ。

「はい。お見えでした。感心なことに、毎月いらっしゃってます」

「きのうも来たのだな」

「はい」

「で、すぐに引き上げたのか」

「はい。お参りをしてすぐに出て行きました」

礼を言い、剣一郎はその場を離れ、拝殿に向かった。なぜ、伝助はこの神社に毎月お参りを続けていたのか。

剣一郎はお参りをしてから鳥居を出た。

そこで、立ち止まる。もし昨夜、伝助がここにいたのなら火事を見ていたはずだ。黙って見ていたのだろうか。

『増田屋』には知り合いがいるのだ。ゆうべは逃げまどう人びとの中に駆《か》けつけることは出来ずとも、きょうは駆けつけてもよいはずだ。

あるいは、これから現れるかもしれない。

そう思いながら、剣一郎は再び火事現場に戻った。火事が失火ではなく、付け火とわかり、京之進たちは聞き込みをはじめていた。

もう朝の四つ（午前十時）を過ぎた。伝助らしき男が現れたか、『増田屋』の焼跡で瓦礫の片づけをしている奉公人たちに訊ねたが、現れていないという。

なぜ、伝助は現れないのか。ひょっとしたら、伝助は火事を知らないのではないか。つまり、岩本町方面が燃えているのが見えない場所にいたのではないか。たとえば、深川《ふかがわ》や本所《ほんじょ》の外れ、あるいは浅草方面に移動していたのかもしれない。そうだとすると、なぜそのほうに足を向けたのか。

剣一郎はさっきの番頭に訊ねた。

「伝助は『増田屋』に来る前、どこに住んでいたかわかるか」

「確か、佐久間町《さくまちょう》の商家に奉公していたはずです」

佐久間町は神田川《かんだがわ》の向かいであり、以前に住んでいた辺りにいたとしたら火事はすぐ目の前に見える。

以前に住んでいた町に行ったのではないようだ。

当てもなく彷徨《さまよ》っていたのか。

剣一郎が伝助のことを気にかけるのは、付け火の一件と関係ない。あくまでも、伝助そのものに気持ちが引っかかっている。

ゆうべ、剣之助と激しくやり合ったことも影響しているのかもしれない。それより、なぜ、伝助は『増田屋』の前まで行ったのに訪れなかったのか。

そのことが、なぜか気になるのだ。

三

御先手組頭の横瀬藤之進の拝領屋敷は駿河台《するがだい》にある。火盗改めの当分加役を拝命《はいめい》すると、その拝領屋敷が火盗改めの役宅となる。

その役宅の用部屋で、大江伝蔵は激しい叱責《しっせき》を受けた。

「南町が出張っていようが、火付け盗賊を捕まえるのは我らしかおらぬ。南町の手緩《てぬる》い探索で事件が解決出来るはずはないのだ。なのに、おめおめと引き下がってきたのか」

「申し訳ございません。なれど、青痣与力が出て来まして」

「なに、青痣与力だと」

床の間の前の脇息《きょうそく》に寄り掛かっていた火盗改めの頭の横瀬藤之進が体を起こした。

「はい。火の元の探索にかかろうとするのを、青痣与力がなんのかのと邪魔立てをしました」

「そうか、奴が出て来たか」

藤之進は口許《くちもと》を歪《ゆが》め、

「で、付け火の可能性は？」

「はい。南町の調べによると、火元は『増田屋』の物置小屋だそうです。そこに竹筒が落ちていたそうです」

あのあと、伝蔵は密偵《みってい》の常次《つねじ》を使い、『増田屋』の幸兵衛や番頭から話を聞き出したのだ。

「付け火に間違いなさそうか。面白い」

藤之進は不敵な笑みを浮かべた。

「よいか。この件、我らの手にて必ず火付けを捕まえるのだ」

「はっ」

伝蔵は平伏《へいふく》する。

「伝蔵。南町は何か手掛かりを掴《つか》んだのか」

筆頭与力の富田治兵衛《とみたじへえ》が鋭い目を向けてきいた。

「いえ、本格的な調べはこれからでして、まだあやしい人間は浮かび上がっていないようです。ただ、青痣与力がしきりに伝助という男を気にしていたとか」

「伝助とな」

治兵衛が眉根を寄せた。

「はい。じつはこの伝助、きのう小伝馬町の牢屋敷から出牢したばかりだとか」

「気になるな」

治兵衛の目が鈍く光った。

「伝蔵。まず、伝助を見つけ出せ。青痣より先にだ。必要なら、ひとは何人でも連れていけ」

「いま、密偵に伝助の行方《ゆくえ》を探させています。必ずや、我らが先に伝助を探し出してみせます」

「伝蔵。頼むぞ」

藤之進が声をかけた。

はっと力強く返事をし、伝蔵は用部屋を下がった。

伝蔵は役宅を出た。すでに陽は翳《かげ》って、風も冷たくなっていた。

お頭は青痣与力と何かあったのだろうか、と伝蔵は不思議に思った。

お頭は一千石の旗本。片や青痣与力は所詮八丁堀《しょせんはっちょうぼり》の与力で二百石。横瀬家と青柳家では家格が違う。そんなお頭がどうして青痣与力を意識しているのか。

「わからん」

つい、伝蔵は口にした。

「なにがですか」

並んで歩いていた同心の下田道次郎《しもだみちじろう》がきいた。二十五歳の色白の優男《やさおとこ》だ。

「いや。なんでもない」

伝蔵は苦笑しながら、神田川に出て、足を東に向けた。

昌平橋《しょうへいばし》の南詰を過ぎると、焼け野原と化した一帯が夕陽を受けてまだ火が残っているように光っていた。

神田須田町《すだちょう》を過ぎ、焼跡にやって来た。『増田屋』のあった辺りはだいぶ瓦礫が片づけられていた。

「あれが『増田屋』の主人の幸兵衛でしょうか」

下田道次郎がきいた。

小肥《こぶと》りの四十半ばぐらいの男が立ち働く者たちに指図をしていた。風格からいって、主人に違いないと思った。

手透きになったのを見て、伝蔵は幸兵衛に近づいた。

「火盗改め与力の大江伝蔵である。『増田屋』の主人幸兵衛であろう」

「これはごくろうさまにございます。はい、増田屋幸兵衛にございます」

「少し訊ねたい。付け火とのことだが、何か心当たりは？」

「いえ、まったくありませぬ」

「伝助とはどういう男だ？」

「伝助でございますか」

　幸兵衛の顔色が変わった。

「伝助に疑いでも？」

「いや。参考のためだ」

「わかりました。じつは伝助は『増田屋』に下男として奉公していた男でございます。それがちょっとしたことで牢に入る羽目になりましたが、きのう疑いも晴れて出牢になったのでございます」

「何をしたのだ？」

「はい。去年の師走《しわす》の大掃除の日に五十両がなくなり、盗みの疑いで伝助は捕まりました。でも、その疑いは晴れました」

「それで、きのう出牢したのか」

「はい。てっきり、私どもを頼って来るかと思ったのですが、とうとう現れませんでした。いったいどうしたのかといささか心配しているところです」

向こうのほうで、旦那さまと呼ぶ声が聞こえた。

幸兵衛は振り返り、いま行くと答えた。

「邪魔をしたな」

伝蔵は幸兵衛と別れた。

「伝助は牢帰りでしたか」

道次郎が昂奮したように言う。

伝蔵は道次郎とともに浜町堀《はまちょうぼり》にかかる汐見橋《しおみばし》の袂《たもと》にある『天水屋《てんすいや》』という居酒屋のの れんをくぐった。

亭主が軽く会釈を送った。伝蔵は無視して、とばくちの小上がりの座敷に落ち着く。

小女《こおんな》に酒を頼む。

「町の人間はたくましいですね。あちこちで、ずいぶん瓦礫も片づいていました。仮店舗でなら二、三日中には商売を再開出来るんじゃないですかねえ」

道次郎が感心したように言う。

「まあ、火事には馴《な》れているからな。それに、食って行かなくてはならないから必死なのだ」

いまさらながらに火を付けた奴を許せないと思った。

酒が運ばれて来て呑みはじめたとき、戸が開いて人相《にんそう》のよくない、目尻のつり上がった男が入って来た。

「常次。こっちだ」

道次郎が声をかけた。

「へえ、遅くなりやした」

常次は頭を下げながら小上がりの席についた。

「伝助について、だいぶわかりましたぜ」

「一口呑んでからでいい」

伝蔵は常次に酒を勧めた。

「へえ、すいやせん」

道次郎が酒を注いでやる。

常次はふた月ほど前から使っている密偵である。奉行所の定町廻り同心が使っている岡っ引きと同類だ。ただ、岡っ引きとは言わず、差口《さしぐち》奉公人と称した。

常次も盗賊の仲間だった男で、横瀬藤之進が第二の火盗改めを拝命したあと、押込みの事件を解決したが、その盗賊一味のひとりが常次だった。

常次が仲間のことを差口（密告）したため、盗賊一味を一網打尽に出来たのである。常次の罪は問わず、それ以降、密偵として働くようになった。

「では、聞こうか」

常次が駆けつけ三杯を呑み干してから、伝蔵は催促をした。

「へえ」

猪口《ちょこ》を置いて、常次は口を開いた。

「『増田屋』の奉公人から聞いて来ました。伝助は『増田屋』の下男だったそうです。去年の師走、『増田屋』の大掃除の日に居間にあった五十両を盗んだかどで捕まってしまった。ところが、その金は主人の幸兵衛が伝助に預けたものだということがわかって、伝助はちょうどきのう無罪放免になったそうです」

幸兵衛から聞いていたが、無罪放免になった理由ははじめて知った。

「幸兵衛の勘違いだったってことか」

「そうです」

「それで牢に入れられたんじゃかなわんな」

「へえ。そうです。出牢してまっすぐ『増田屋』に行かなかったのも、伝助にとっちゃ面白くなかったからかもしれません」

「伝助は『増田屋』に現れなかったのだな?」

「見かけた奉公人がいたそうです。ですから、伝助は店の近くまで来ていたようです」

「伝助は臭うな」

「へえ。出牢した夜に付け火騒ぎ。それも、『増田屋』の物置からですからね」

「で、伝助の居場所はわからねえのか」

「へえ。頼っていく場所はないはずだというんです」

ふつうだったら、伝助は『増田屋』に帰るだろう。なぜ、帰らなかったのか。そして、どこで一夜を過ごしたのか。

「伝助は勘違いで自分を牢に追いやった主人を恨んでいたんじゃありませんか。だから、『増田屋』に帰ろうとしなかったのでは」

道次郎は意見を述べた。

「おそらくな。伝助は二十日以上を牢内で過ごしたことになる。それなのに、勘違いでしたでは、すまされねえだろうな」

伝蔵も相槌を打つ。

伝助が入ったのは大牢で、無宿人の入る二間牢ではないとはいえ、やはり牢名主を中心として牢役人が幅を利かせる理不尽な場所であることは間違いない。

四方を壁に囲まれて陽光も射さず、悪臭が立ち込め、空気も汚れて、狭い場所に大勢の囚人《しゅうじん》が閉じこめられている。

そのような中に二十日以上も閉じこめられていたらどうなるか。それも、主人の勘違いからだ。

「やはり、伝助が恨みから火を放った公算が大きいな」

伝蔵はそう言いながら徳利《とっくり》に手を伸ばした。

「空か。おい、酒だ」

小女に注文をする。

「それにしても、伝助はどこに行ったんでしょうか」

常次が口をひん曲げた。

「探す方法はある」

伝蔵はにやりとした。

「なんですかえ」

「青痣与力だ」

「青痣与力？」

「そうだ。青痣与力に見つけさせるのだ。そのあと、身柄を引っ立てる」

そこが奉行所と火盗改めとの違いだと、伝蔵は北叟笑《ほくそえ》む。

奉行所が疑わしい者を捕まえるにはそれなりの手順を踏まねばならない。自身番に呼び、疑わしければ大番屋で取り調べる。それから、小伝馬町の牢屋敷に送り込む。その後に、お白州での吟味だ。

だが、火盗改めはそんな悠長なことをする必要はない。怪しいと見れば、旗本でも御家人でも僧侶でもどしどし捕まえて役宅に留置して手荒い取調べが出来るのだ。過酷な拷問《ごうもん》も許されている。

この違いは、奉行所は江戸町民の安全を守ることが使命なのに対して、火盗改めは犯罪者を減らすことが目的なので、犯罪者には手心を加える必要はないのである。

「明日から、青痣与力のあとをつけるのだ。道次郎と常次のふたりで手分けをしてな。青痣与力なら必ず伝助の居場所を突き止めるはずだ」

「しかし、青痣与力をつけるのは容易ではないように思えますが」

道次郎が不安を口にする。

「うむ。すぐに気づかれるだろう。それでも構わん。ずっとつきまとえ」

「だいじょうぶでしょうか」

「咎められたら、とぼけるまでだ。途中までても青痣の動きがわかれば、何をしようとしているか想像がつく」

「畏まりました」

道次郎は緊張した顔色で答えた。

酒が運ばれて来た。

それからしばらくして、三人は立ち上がった。

伝蔵が勘定を払い、先に外に出ていたふたりを連れて、焼跡に向かった。すっかり暗くなっていたが、焼跡にはところどころに瓦礫を燃やしてたき火をしている光景や提灯《ちょうちん》の明かりで片づけを続けている人びとの姿が見えた。

この中に、伝助がいるとは思えなかった。

四

翌日、剣一郎は小伝馬町の牢屋敷を訪れた。

面会の相手は鍵役同心の三枝草次郎《さえぐさそうじろう》である。

牢屋敷にいる五十人の牢屋同心の中で上席の鍵役同心はふたりいる。そのうちの一人、三枝草次郎とは懇意《こんい》にしている。

一般の牢屋同心は牢屋敷の外の拝領屋敷に住んでいるが、鍵役同心の組屋敷は牢屋敷内の牢屋奉行石出帯刀《いしでたてわき》の屋敷の隣にあった。

土間の横にある客間で、剣一郎は三枝草次郎と差し向かいになった。四十半ばで、体が大きく、いかつい顔で、囚人たちに睨《にら》みをきかしている。

「青柳さま。また、何か面倒なことでも頼みに来られましたのでしょうか」

草次郎は苦笑しながら言う。

「いつもいつも面倒なお願いばかりをして申し訳ござらん」

「いえ、じつを申せば、青柳さまの依頼を遂行《すいこう》するにあたり、私もわくわくしているのです。ですから、なんなりと申しつけください。また、囚人を牢から出させましょうか」

物騒なことを冗談混じりに言った。

「その節はたいへん世話になりました。なれど、きょうはちょっと教えていただきたいことが」

「なんでございましょうか」

「二日前まで大牢に収容されていた伝助という男について、牢内での様子を知りたいのです」

「伝助……。ああ、あの鈍重そうな男ですね。牢内での様子と言いますと？」

「誰かと親しく言葉を交わしていなかったかどうか」

草次郎は厳しい表情になって、

「世話役同心を呼んで参ります」

と言い、組屋敷を出て行った。

しばらく待たされたが、草次郎は三十歳ぐらいの同心を連れて来た。

「青柳さま。この者が牢内を見廻りしておりますのでなんなりと」

「伝助のことでございますね」

「さよう。伝助が特定の誰かと親しく話していたかどうか、そして、男が誰だったのか知りたい」

「はい。伝助は口数の少ない男でした。話しかけられてもただ黙って聞いているだけでした。ですから、特に誰かと親しくしていたことはなかったように思えます」

「そうですか。では、最近、出牢した男はいますか」

「それはおります。伝助が出牢になる三日前に竹細工師の玉吉《たまきち》という男が出て行きました。玉吉は不注意から年寄りを怪我させてしまったんですが、科料を払う金もなく、代わりに過怠牢《かたいろう》になっていた者です」

「その玉吉と伝助は？」

「そういえば、隣り合わせで寝ていました」

「その玉吉の住いはわかりますか」

「ちょっとお待ちください」

同心は台帳を取りに行った。

すぐに戻って来て、

「わかりました。浅草阿部川町《あべかわちょう》の伊右衛門店《いえもんだな》という裏店《うらだな》です」

剣一郎はそれを頭に入れた。

「どうもお手数をとらせた」

剣一郎は世話役同心に礼を言い、三枝草次郎にも挨拶をして組屋敷を出た。

草次郎は門まで見送ってくれ、

「何かあったら、どんなことでも仰《おつしや》ってください。出来ることは何でもやります」

「かたじけない。では」

剣一郎は表門を出た。

小伝馬町の大通りに出て浅草御門のほうに向かう。相変わらずつけて来る男がいる。八丁堀の屋敷を出たところからだ。

つけているのはふたり。ひとりは武士で、もうひとりは遊び人ふうの男。最初は遊び人ふうの男が剣一郎のあとをつけ、途中から武士に代わった。目を晦《くら》ます目的だろうが、ふたりがつけて来るのはお見通しだ。

武士と遊び人ふうの男の組み合わせで思いつくのは火盗改めだ。きのう『増田屋』の焼跡に駆けつけた火盗改めの大江伝蔵という与力の背後にいた同心らしき侍に似ている。だとすれば、遊び人ふうの男は密偵だろう。

いったい何を探ろうとしているのか。伝助かもしれない。伝助を探していることが、大江伝蔵の耳に入った。そこで、剣一郎のあとをつければ、伝助のもとに辿り着く。そう考えたのかもしれない。

まさか、火盗改めは伝助が付け火をしたと疑っているのでは……。

馬喰町を突っ切り、浅草御門に差しかかった。そこで、剣一郎は足早になり、浅草橋を急いで渡った。

そして、渡り切ったところにある柳の陰《かげ》に身を隠した。

息せき切りながら、遊び人ふうの男が橋を駆けて来た。渡り切ったところで、焦《あせ》ったようにきょろきょろしている。

もうひとりの武士も駆けつけて来た。

「見失ったのか」

「へい」

剣一郎はゆっくり男の前に出て行った。目尻のつり上がった顔があっと声を上げた。武士も驚愕《きょうがく》の表情で突っ立っていた。

「火盗改めでござるな」

「いや、拙者は……」

「お隠しなさるな。大江伝蔵どのといっしょにいた御仁《ごじん》であろう。そして、そのほうは火盗改めの差口奉公人であるな」

「………」

ふたりは言葉を失っていた。

「大江どのに青痣与力のあとをつけよと命じられたか。さしずめ、伝助の居場所を突き止めるためでござろうか」

「いや、その」

武士はしどろもどろになっている。

「そなたたちは伝助が付け火をしたのではないかと疑っているようだが、その証《あかし》はない」

「しかし、伝助は『増田屋』に恨みを持っているはずです。出牢したら、恨みを晴らしてやろうと思っていたことは十分に考えられます」

「何の恨みか」

「幸兵衛の勘違いによって二十日以上も牢獄に入れられていたんです。その恨みは深いんじゃありませんか」

「付け火をしたら、また牢獄暮らしだ。あまつさえ、火焙《ひあぶ》りの刑に処せられる。せっかく出牢したのに、すぐまた地獄に逆戻りするような真似をすると思うか」

「…………」

「私は付け火の件で伝助に会いたいわけではない。そもそも、伝助が捕まった五十両紛失の件で確かめたいことがあるからだ」

「…………」

「もし、伝助にあらぬ疑いをかけぬと誓うなら、私といっしょに伝助に会いに行こう」

火盗改めに勝手に暴走されても困るという思いから、剣一郎は誘った。

自分がついていれば、伝助に対する疑いが払拭《ふっしょく》出来るかもしれないと思ったのだ。

「わかりました。お供させていただきます」

武士が答えると、遊び人ふうの男も頷いた。

「私は火盗改め同心の下田道次郎、この者は常次です」

道次郎が名乗った。

「よし。では、行こう」

ひとの行き来の多い蔵前通りを急いだ。

「青柳さま。お訊《たず》ねしてよろしいでしょうか」

道次郎が歩きながらきいた。

「なんなりと」

「牢屋敷に出向いたのはどういうわけでございますか」

「伝助の帰る場所は『増田屋』しかない。だが、出牢したあと、『増田屋』には行かなかった。ひょっとしたら、牢内で知り合った男を頼ったのかもしれないと考えた。すると、伝助が出牢する三日前に玉吉という男が牢を出ていた。牢内ではふたりは近くにいたという」

「なるほど。そういうことでございましたか」

道次郎は感心したように答えた。

「だが、私の考えが合っているかどうかはわからない」

不忍池《しのばずのいけ》から三味線堀《しゃみせんぼり》を通って西から流れて来る忍川《しのぶがわ》と北から流れて来る新堀川《しんぼりがわ》が合流して大川《おおかわ》に流れている。その川にかかる鳥越橋《とりごえばし》を渡ってから左に折れ、新堀川沿いを北に向かった。

左手に続く小禄の武家地が切れると、浅草阿部川町である。

剣一郎は自身番で伊右衛門店の場所をきいた。小商《こあきな》いの並ぶ通りを行くと、八百屋と雑貨屋の間に長屋木戸があった。伊右衛門店である。

長屋路地を入って行く。まだ昼には間がある。井戸端にいた長屋の女房に玉吉の住いを訊ねる。

奥から二軒目で、腰高障子《こしだかしょうじ》に竹の絵が描いてあった。

「ごめん」

剣一郎は戸を開けた。

ざるや駕籠《かご》が部屋に転がっていた。その中で、玉吉は竹を編んでいた。

「誰でえ」

玉吉は顔を上げずに言う。

「八丁堀与力の青柳剣一郎と申す」

玉吉は目を丸くして顔を上げた。

「青痣与力……」

あわてて、竹を脇に置いて居住まいを正した。

「手を休ませてしまってすまない。そなたにききたいことがある。牢でいっしょだった伝助という男のことだ」

「伝助さんが何か」

「いや。探しているのだ。どこにいるか知らないか」

「それが、一昨日ここに来たらしいんです。あいにく、あっしが出かけていたんで、すぐに帰ってしまったそうです、それっきりなんです」

「伝助が来たのは間違いないのか」

「へい。あの大きな体ですから目立ちます。隣のかみさんが応対してくれました」

「伝助には牢を出たら訪ねて来いと話していたのだな」

「へい。この場所を教えました。ちょっと鈍そうな男だったので何度も念を押しました。でも、間の悪いことにあっしの留守中でして」

玉吉は悔しそうに言う。

「伝助が牢を出ることがわかっていたのか」

「へい。伝助さんが無実の罪をかぶっていることはわかりました。もしかしたら、出られるかもしれないと言っていたんです」

「ずいぶん、伝助に親切だな」

「そりゃ、あんなひとの好《い》い男はめったにいません。いえ、あんな人間がいるなんて、あっしには驚きでした」

「そんなに伝助はいい人間か」

「ええ、あっしはしばらくいっしょに暮らしましたからよくわかります。牢内の狭い場所で、こっちに足がぶつからないように、大きな体をすくめて寝ていました。自分が割りを食ってもひとに不快な思いを与えない。それが伝助さんです。どこに行ってしまったんでしょうか」

　玉吉は心配そうな顔をした。

「すまぬが、隣のかみさんから話を聞きたい」

「へえ。わかりました」

　玉吉は柱につるした着物のそばに行き、壁を叩いた。

「おい、おくめさん。いるか」

　玉吉は大声を出した。

「なんだい？」

女の声が聞こえた。

「すまねえ。ちょっと来てくれねえか」

「あいよ」

その返事を聞いて、玉吉は元の場所にやって来た。

「いま、参りますんで」

そう答えたと同時に戸口に小肥りの女が現れた。

三人の男がいるので、おくめはぎょっとしたようだった。

「おくめさん。こっちへ」

道次郎と常次が場所を空け、おくめが狭い土間に入って来た。

「おくめさん。こちら、南町の青柳さまだ」

玉吉が声をかけた。

「えっ、青柳さま」

おくめが目を丸くした。

「一昨日、伝助って男があっしを訪ねて来ただろう。そのことだ」

玉吉の言葉を引き取って、剣一郎はきいた。

「その男は何時ごろ、やって来たのだ？」

「確か、七つ半（午後五時）ごろだったと思います。しばらくしてから、うちの亭主が帰って来ましたから」

おくめの亭主は出職《でしょく》の左官《さかん》だという。

「その男は玉吉を訪ねて来たのか？」

「そうです。私が路地に出たらちょうど木戸を入って来てきょろきょろしているので声をかけたんですよ。そしたら、玉吉さんの住いを探しているって」

「どんな男だった？」

「体が大きくて、のっそりしたひとでした。三十半ばぐらいでしょうか。しゃべり方ものんびりしていました」

「玉吉が留守だと知ると、そのまま引き上げたのか」

「はい。待っているように言ったんですけど」

「出直すとか、どこへ行くとか、何も言っていなかったのか」

「はい。なにも」

「その男のことで何か気づいたことはないか」

「いえ、特には……」

おくめは首を横に振った。

「その男、どんな顔つきだった?」

それまで黙っていた道次郎が口を開いた。

「いや、表情だ。思い詰めたような目付きをしていたとか、怖い顔だったとか」

「いえ。とにかくのんびりした穏やかな感じのひとでした」

「そうか」

道次郎は首を傾《かし》げて引き下がった。

玉吉に会えず行き場を失った伝助は自棄《やけ》になって『増田屋』に火を放ったのではないかと、道次郎は疑ったのかもしれない。

「あいわかった。ところで、玉吉。そなたは伝助になにをしてやるつもりだったんだな」

剣一郎は改めて玉吉にきいた。

「なにをしてやるって、そんな大それたことじゃありません。お店に戻れないなら、しばらくここに置いてやってもいいと思ったんです。あのひとはあっしより年上ですが、なんだか放っておけない気がしたんです」

「そうか」

「青柳さま。もし、伝助さんに会ったら、よければいつでもあっしのところに来てくれと伝えてもらえませんか」

「わかった。伝えよう」

剣一郎は玉吉とおくめに挨拶をして土間を出た。

道次郎と常次は先に路地に出ていた。

「伝助はどこに行ったんですかねえ」

常次は口許をひん曲げて言う。

「ひょっとしてまた『増田屋』に戻ったかもしれぬ」

剣一郎が最初に『増田屋』あたりで伝助を見かけたのは午ごろだ。しかし、伝助は『増田屋』に行かなかった。その後、玉吉の長屋に現れたものの、玉吉が留守だったので、そのまま引き上げた。それから伝助は行き場をなくしてやむなくもう一度『増田屋』に行ったことも考えられると思った。

「青柳さま。我らはここで」

新堀川のほうに向かいかけたとき、道次郎が立ち止まって言った。

「そうか。よいか。くれぐれも伝助に対して早まった判断をせぬように、大江どのにも伝えていただきたい」

「わかりました」

道次郎は一礼し、常次とともに下谷のほうに急ぎ足で去って行った。

剣一郎は新堀川沿いを蔵前に向かった。伝助が素直に『増田屋』に行けなかったのにはやはり割り切れない気持ちがあったからではないのか。

それは五十両を盗んだという呵責《かしゃく》からか。それとも罪を着せられたという憤《いきどお》りからか。

剣一郎の関心はそのことにあるのに、火盗改めは付け火との関わりを気にしている。

剣一郎は一抹《いちまつ》の不安を覚えた。まさかとは思うが……。

五

暮六つ（午後六時）の鐘が鳴りはじめた。

大江伝蔵は『天水屋』の小上がりに座って酒を呑んでいた。無愛想《ぶあいそう》な亭主の顔が板場に見え隠れする。

四半刻（三十分）ほどして、道次郎と常次がやって来た。

「大江さま、遅くなりました」

道次郎が挨拶し、向かいに座った。

「ごくろう」

伝蔵はふたりをねぎらってから、

「何かわかったか」

と、さっそく訊ねた。

「伝助の行方は青痣与力もつかめませんでした」

道次郎は青痣与力との経緯《いきさつ》を最初から説明し、いっしょに浅草阿部川町の長屋を訪ねたことまで話した。

「でも、玉吉が留守だったために、やむなく『増田屋』に行ったのではないでしょうか。それで、『増田屋』の周辺を聞き込みしてみました」

道次郎は身を乗り出し、

「伝助らしい男を見かけた人間が見つかりました」

「なに、見つかった?」

「へい。浅草橋を渡った茅町《かやちょう》の裏店に住む冬吉《ふゆきち》っていう建具職人です。火事のあった夜の五つ(午後八時)過ぎ、親方の家からの帰り、豊島町《としまちょう》の角で伝助とすれ違ったそうです」

「伝助に間違いないのか」

「冬吉は何度か『増田屋』に仕事で入っていて、下男の伝助とは顔なじみだったそうです。でも、そのときはまだ牢にいると思っていたので、ひと違いかと思ったそうです。たまたま、私たちが伝助を探していると知って声をかけてきたんです」

「そうか。やはり、伝助が臭うな」

伝蔵は片頬を歪めた。

「ただ、青痣与力は伝助は付け火とは関係ないと言っています」

「そのように思いたいだけだ。きょう、お頭を通して『増田屋』での事件を南町に聞いてもらった」

口許を歪め、伝蔵は続けた。

「大掃除が終わった夜、手伝いに来てくれた者たちに広間で酒を振る舞った。そのとき、主人の部屋に置いてあった金箱から五十両がなくなっていた。それで南町の同心が調べた結果、伝助の部屋から金が出て来たということだった。だが、吟味与力のお白州で、主人の幸兵衛が盗まれたのは勘違いだったと言い出したことにより、伝助の疑いが晴れた。しかし、考えてみい」

伝蔵はふたりの顔を交互に見た。

「伝助は幸兵衛の勘違いによって牢に二十日以上もぶち込まれたのだ。伝助にとって、勘違いですまされることではあるまい。『増田屋』に対する恨みが燃え上がったとしても不思議ではない」

「でも」

道次郎が何か言おうとした。

「待て。まだ、ある。幸兵衛の勘違いというのは伝助を無罪放免にするための方便だったようなのだ。なぜ、幸兵衛がそこまでして、伝助を助けようとしたのか。ほんとうは、伝助は何者かに罪をなすりつけられたのかもしれない。いずれにしろ、伝助は無実だったのに牢獄にぶち込まれた可能性がある。だとしたら、伝助の恨みは深いことは察せられる」

「それはまことで」

道次郎は啞然《あぜん》としていた。

「いちおう、明日、お頭に諮《はか》ってみるが、火盗改めとしては伝助を付け火の張本人として探索を進めるようになる。そのつもりでいるのだ。どうした、道次郎。何か、不服か」

「いえ。ただ、まだ疑わしい段階ですし」

「何を言うか。付け火は重大な犯罪だ。疑わしき者はどしどししょっぴいて取り調べる。それが火盗改めだ」

伝蔵は激しく言った。

この激しさは筆頭与力の富田治兵衛の影響だ。ともかく、治兵衛は南町奉行所、ことに青痣与力に対して激しい敵愾心《てきがいしん》を燃やしているようだ。これは、お頭の側近である治兵衛がお頭の気持ちを慮《おもんぱか》ってのことに違いない。

お頭は青痣与力と何かあったのだ。今回のことは、青痣与力を出し抜く絶好の機会だと勇躍《ゆうやく》しているのではないか。

しかし、そのような個人的な経緯を度外視しても、伝助なる男に付け火の疑いがかかるのは無理からぬことだ。

疑いがあればそれに向かって突き進むだけだ。

「伝助は逃げているのだ。伝助を探し出す。よいな」

道次郎と常次は顔を見合わせてから頷いた。

翌日、役宅の用部屋にて、伝蔵はお頭の横瀬藤之進から、総力を挙げて伝助を捕らえよという命令を受けた。

「よいか。そなたの報告にあった牢内でいっしょだったという玉吉という男。伝助の企《たくら》みを知っていたのではないか」

「はっ？」

伝蔵は覚えずきき返した。

「出牢したあと訪ねて行くほどの関係になっていた。そうであれば、秘密も共有していたかもしれぬ。よいな。必ず伝助を捕らえよ」

「秘密というのは？」

「伝蔵。わからぬか」

治兵衛が口を入れた。

「玉吉は伝助が付け火の犯人であることを証言出来る男だということだ。玉吉をうまく利用するのだ。伝助を誘《おび》き出せるかもしれぬ」

誘き出す……。伝蔵は治兵衛の目が鈍《にぶ》く光ったのを見た。

「伝蔵。そなたに期待しておる」

お頭はそう言い残し、用部屋を出て行った。若年寄に呼ばれているらしい。

「伝蔵。伝助の探索に必要なだけひとを使ってよい」

治兵衛がお頭を見送ったあとに言った。

お頭の組下には与力五騎、同心三十人がいるが、伝助の探索にほとんどの人員を割《さ》いていいというのだ。いかに、伝助のことを重大視しているかがわかった。

単に放火事件を解決させるという意味合いだけでなく、その裏には南町、ひいては青痣与力の存在があるようだ。

「富田さま」

伝蔵は思い切ってきいた。

「お頭と青痣与力の間には何かおありで？」

「お頭は若い頃、江戸柳生流《やぎゅう》の真下治五郎《ましたじごろう》道場に通っておられた。同門に青痣与力がいたそうだ。歳はお頭のほうがひとつ上だったが、ふたりの技量は図抜《ずぬ》けており、真下道場の竜虎《りゅうこ》といわれたそうだ」

「竜虎と呼ばれた仲でございましたか」

「そうだ。お頭からすればたかが八丁堀の不浄役人と並び称されることは自尊心が許さなかったのであろうが、世間は勝手に竜虎と称した」

なんとなく、ふたりの確執がわかるような気がした。といっても、意識しているのはお頭だけであろう。

「それから、若殿《わかとの》の藤太郎《ふじたろう》どのと青痣与力の伜の剣之助は同い年。その剣之助は吟味方の見習い与力として伝助の詮議に関わって来たそうだ」

「親子二代ですか」

「伝蔵。お頭は青痣与力に敵愾心を持っているのは事実だが、青痣与力を出し抜きたいわけではない。お頭は火盗改めの本役になりたいのだ。わかるか」

「はい」

「昨今の重大事件の解決はほとんど南町でなされている。いまの火盗改めは存在感が薄れている。お頭は南町を出し抜き、いまの火盗改めに取って代わりたいのだ。そういう意味でも、今回の事件はよい機会なのだ」

「わかりました。必ずや、お頭のご期待に添えるよう」

伝蔵は力強く応じた。

「では、行って参ります」

伝蔵は用部屋から下がった。

同心を引き連れ、門に向かいかけたとき、お頭の子息藤太郎にばったり出会った。

きりりと引き締まった顔立ちで、頭脳の明晰《めいせき》さを窺《うかが》わせるような切れ長の目はお頭によく似ている。

「お出かけでございますか。ご苦労さまです」

藤太郎は鷹揚《おうよう》に言う。

「若殿はどちらに?」

「道場です」

「そうですか。では、我らはこちらへ」

門を出てから右と左に分かれた。

「若い頃のお頭はあのような感じだったのでしょうね。若いのに威圧感《いあつかん》があります」

道次郎が感心したように言う。

「うむ。聞いた話では、お頭の若い頃はもっとやんちゃだったらしい。血の気が多く、女にも手が早かったようだ。あっ、待て。俺が話したって言うな」

「わかっています」

昌平橋の袂に出て、八辻ヶ原《やつじがはら》を突っ切る。

岩本町にやって来た。『増田屋』の周辺はすっかり片づき、掘っ建て小屋の仮店《かりだな》で商売をはじめていた。その脇では、本格的な店の普請《ふしん》がはじまろうとしていた。

仮店に顔を出し、番頭に訊ねると、主人の幸兵衛は普請場のほうにいるという。

仮店を出て、普請場に行くと、幸兵衛が大工の棟梁らしい男と話していた。

伝蔵が近づいていくと、幸兵衛と棟梁は話を中断した。

「幸兵衛だな。火盗改め与力の大江伝蔵だ。少し、訊ねたい」

「はい」

「では、旦那。あっしは向こうに」

棟梁はその場から逃れるように去って行った。

「なんでございましょうか」

幸兵衛が顔を向けた。

「下男の伝助のことだ。伝助は出牢した日、なぜ、『増田屋』を訪ねて来なかったのか、思い当たることはあるか」

「いえ……」

「五十両紛失の件だが、あれはおまえの勘違いではない。ほんとうに盗まれた。違うか」

「いえ、それは……」

幸兵衛はうろたえた。

「いまさら、その件を詮索しようと言うのではない。五十両を盗んだのは伝助ではない。だが、伝助は濡れ衣を着せられた。伝助は、そのために『増田屋』を恨んでいた。だから、ここに足を向けなかった」

「いえ、あれはほんとうに私の勘違いでして」

「まあいい。それだったら、伝助はおまえの不注意で二十日以上も地獄のような牢獄に入れられたのだ。さぞかし、恨んでいたのではないか」

「伝助に限ってそんな恨みなんて」

「では、なぜ、まっすぐここに来なかったんだ。伝助は出牢したあと、牢内で知り合った男を頼っているんだ。たまたま、相手が留守だったため、伝助はそこからどこかへ移動してしまったが、おまえさんではなく牢内で知り合った男を頼った。こいつはどう説明するか」

「…………」

「伝助は『増田屋』が憎かった。だから、火を付けたのだ」

「そんな、伝助に限ってそんなだいそれたことをするはずありません。確かに、伝助は私どもに面白くない感情を持っていたかもしれません。だからといって、火を付けるなど考えられません」

「では、どうして伝助はここに現れないのだ。この火事のことは知っているはずだ。知っていたら当然、見舞いやら瓦礫の片づけやらで駆けつけるのがふつうではないのか。どうみたって、伝助は逃げているとしか思えぬ」

「…………」

幸兵衛は言葉を失っている。

「あの夜、五つごろ、建具職人の冬吉が豊島町の角で伝助とすれ違っていた。伝助はこの近くにいたことは間違いない」

「信じられません」

幸兵衛は震える声で言った。

「ともかく、伝助を見つけ出さぬことにははじまらぬ。伝助の居場所に心当たりはないか。知り合いでもいい」

「いえ、伝助はまったく人づきあいの苦手な男でした。ですから、店の者以外に話すような人間はいなかったと思います」

「伝助を見つけたら必ず我らに知らせるのだ。よいな」

伝蔵は念を押した。

「わかりました」

幸兵衛は困惑した表情で答えた。

だが、伝助がこの界隈《かいわい》にうろついているとは思えない。どこか遠くに逃げたはずだ。どこかで身を潜《ひそ》めているのだ。

「よし、行くぞ」

伝蔵は道次郎に声をかけた。

「いったい、どこへ?」

道次郎が訝しげにきいた。

「竹細工師の玉吉のところだ。阿部川町だと言ったな」

「玉吉のところにまた伝助が現れるでしょうか」

「玉吉は伝助のことでもっと何かを知っているはずだ」

富田治兵衛は玉吉をうまく利用せよと遠回しに言っているのだ。付け火は伝助に間違いない。その補強のための証言を玉吉にさせるのだ。

「牢内で毎日いっしょだったんだ。いろんな話をしたはずだ。玉吉は自分でも忘れているが、何か肝心《かんじん》なことを聞いているかもしれぬ。役宅に引っ張って取り調べる」

「引っ張る?」

道次郎は驚いたように目を見開いた。

「ともかく、玉吉のところに案内しろ」

「はい」

柳原通りを突っ切り、新シ橋《あたらばし》を渡り、三味線堀を通って阿部川町にやって来た。

八百屋と雑貨屋の間にある伊右衛門店の木戸を入り、奥から二軒目の腰高障子に竹の絵が描いてある住いを訪ねた。

「ごめん」

道次郎が戸を開けて、中に声をかけた。

続いて、伝蔵も土間に入る。

若い男が強張った顔でこっちを見ている。

「玉吉だな」

伝蔵は道次郎に代わって声をかけた。

「へい」

「火盗改めである。伝助のことできたい」

「ですが、あっしはあまり知りませんが」

玉吉は居住まいを正した。

「そなたは牢内で何日間も伝助といっしょだったのだ。何か伝助から聞いているはずだ。思いだすのだ」

「そう仰られても」

玉吉は首をひねった。

「玉吉。思いだせぬなら役宅に来てもらって、改めて問いたださねばならぬ」

「げっ。どうしてでございますか」

玉吉は目を剝《む》いた。

「おまえは伝助をかばっているのではないか。あるいは、伝助が付け火に走ったのも、牢内でおまえがそそのかしたからではないか」

「とんでもない。どうして、あっしがそんなことをしなきゃならないんでえ。あっしはほんとうに伝助さんの行方《ゆくえ》は知らないんです」

「玉吉。しらっぱくれてもだめだ。言い訳はお白州で聞こう」

「そんな、無茶な」

玉吉は腰を浮かした。

「道次郎。こやつをしょっぴけ」

伝蔵は命じた。

「はい。常次、それ」

道次郎と常次が踏み込み、あっという間に玉吉を縛《しば》り上げた。

「待ってください。あっしは何も知りません」

「静かにするんだ」

長屋路地には住人が出て来ていた。

肥った男が一歩前に出て訴えた。

「大家《おおや》の吾一《ごいち》にございます。いったい、これはどういうことでございましょうか」

「火盗改め横瀬藤之進さま配下の大江伝蔵である。玉吉は付け火の犯人伝助をそそのかした罪にて取り調べる」

「お待ちを。それは何かの間違いでございます。玉吉は不注意からひとさまを怪我させ、罪を償《つぐな》ってまいりました。これから、もう一度やり直そうと……」

「我らの探索を邪魔するのか」

伝蔵は一喝《いっかつ》した。

「いえ、そんな」

大家は竦《すく》み上がった。

「よし。連れて行け」

伝蔵は大声で叫んだ。

泣き喚く玉吉を大きな声で叱りつけ、踏ん張って動こうとしなければ足先で突き飛ばし、引きずるようにして、伝蔵たちは駿河台の役宅に向かった。

もし、どこかでこの光景を伝助が見ていたら、必ず名乗り出て来よう。そう計算したのだ。

半刻（一時間）ほどかかって、役宅の門を入った。玉吉は門の手前で再び足を踏ん張り、「いやだ」と叫んだ。

火盗改めの過酷な取調べは世間に知れ渡っている。拷問のすさまじさに、玉吉はおびえているのだ。

暴れる玉吉を三人掛かりで抱えて中に連れ込んだ。

玉吉を仮牢に押し込めておくように命じてから、伝蔵は用部屋へと筆頭与力の富田治兵衛に会いに行った。

「ただいま、玉吉を召《め》し捕ってまいりました。さっそく、これより取調べをはじめたいと思います」

「うむ。そちに任せる。瓦版《かわらばん》のほうの手配はさせておく」

「はっ」

伝助を誘き出すことが目的なのだ。どこかに隠れている伝助が瓦版を見たら現れるかもしれない。

伝蔵は玉吉のいる仮牢に向かった。壁際には石や太縄《ふとなわ》などの拷問道具が並んでいる。火盗改めの行なう拷問は、耐えられる者はないといわれるほど容赦のない過酷なものだった。

玉吉を床に敷いた筵《むしろ》の上に座らせた。後ろ手に縛ったままだ。顔は青ざめ、目は虚《うつ》ろだった。

「玉吉。おまえは、小伝馬町の牢屋敷で伝助といっしょだったな」

伝蔵は切り出した。

「はい。いっしょでした」

震える声で答えた。

「そこでいろいろな話をしたはずだ」

「牢内ではそんなに話せません。すぐ横に他の囚人もいますから」

「しかし、何日間もいっしょだったのだ。それに、他の囚人はおまえたちの話など聞いてはいまい。どうせ他人《ひと》ごとなのだ」

「………」

「伝助は自分は無実だと言っていたのではないか。どうだ?」

玉吉の前に片膝《かたひざ》をついて座り、伝蔵は迫った。

「はい」

「うむ。おまえはその話を信用したな。そうだな」

「はい、しました」

「伝助は悔しがっていただろう？」

「いえ、伝助さんは感情を表に出すようなひとではありませんでしたから」

「しかし、無実なのに罪をなすりつけられたのだ。『増田屋』を恨むのは当然だ。それが素直な気持ちではないか」

「ええ、でも、恨んでいるようには思えませんでした」

「おまえは、出牢したら自分を訪ねて来いと話したのではないか」

「はい」

「それは、伝助が『増田屋』には帰りたくないと言っていたから、そのように話したのではないのか」

「いえ、あっしは伝助さんといっしょにいるとなんだかほんわかした気分になるのです。そんな伝助さんが気に入ったので誘ったのです」

「牢内で、そんな気分になるとは考えられぬ。伝助が『増田屋』を恨んでいることを知って、誘ったのだ。違うか」

「いえ、違います」

玉吉は泣きそうな声になっている。

「まあ、いい」

伝蔵は顔をしかめ、

「伝助が出牢した日の夜に付け火があった。このことをどう思うか」

「わかりません」

「おまえがそそのかしたのではないのか」

「えっ？」

「『増田屋』に恨みを晴らすには付け火をしたらいいと、伝助に囁《ささや》いたのではないか。どうだ、玉吉」

「とんでもない。あっしはそんなこと言いやしません」

「言っていないという証拠はあるか」

「そんな」

「おまえが伝助をそそのかしたとすれば、同罪だ」

「違います」

「違うというのは、伝助が勝手に火を放ったということか」

「伝助さんは付け火をするようなひとじゃありません」

「玉吉。おまえがそそのかしたのか。それとも、伝助が勝手にやったことか」

伝蔵は巧みに二者択一に持って行った。

「あっしはそそのかしたりしていません」

「では、伝助が勝手にやったのだな」

「それは……」

「玉吉。おまえは伝助が『増田屋』に火を放つということを知っていたのではないか。はっきり聞かなかったとしても、なんとなく察していたのではないか」

「あっしは伝助さんが火を放ったとは思っていません。そんなこと、考えたこともありません」

玉吉は体を揺《ゆ》するようにして訴えた。

「まだ、しらを切るのか。素直に喋《しゃべ》らないと、拷問にかけなければならぬ。それでも、正直に言わぬのか」

「あっしはほんとうのことを話しています。どうぞ、信じてください」

悲鳴のような声で訴えた。

「強情な」

伝蔵は立ち上がった。

「よし、やれ」

伝蔵は道次郎に命じた。

道次郎は笞《むち》を持って来た。

奉行所ではやたらに拷問は出来ない。拷問まで行くのは、お奉行のお白州でなおも白状しない場合であり、さらに老中にお伺いを立てる。そして、拷問は奉行所から吟味与力が出張して小伝馬町の牢屋敷にて行なわれる。そのときには御徒目付《おかちめつけ》も立ち会う。

だが、火盗改めは違った。役宅にて必要とあらば自由に拷問が出来たのである。

「白状するなら今のうちだ」

後ろ手に縛られた玉吉に道次郎が言う。

「どうぞ、信じてください」

玉吉は哀願《あいがん》した。

道次郎の手が動かない。

「どうした？」

伝蔵が焦《じ》れた。

「誰か代われ」

すると、体の大きな同心が道次郎から笞を奪うようにとった。

「いくぞ」

笞が振り下ろされた。肩の肉に食い込む鈍い音と共に玉吉の絶叫が響いた。

「白状せよ」

さらに笞がしなった。玉吉が悲鳴を上げて倒れた。その背中にさらに打ちつける。

玉吉はのたうちまわった。

同心は容赦なく玉吉の体に笞を叩きつけた。そのたびに玉吉はのけぞったり、背中を丸めたりしていた。

玉吉の呻《うめ》き声がだんだん小さくなっていった。

「やめろ」

伝蔵は声をかけて、玉吉のそばに行って顔を覗《のぞ》き込んだ。

「玉吉。強情を張ると、次は石を抱かせる。それとも、海老《えび》責《ぜ》めか」

呻きながら、玉吉は首を横に振った。

落ちる。伝蔵は覚えず北叟笑んだ。

背後の障子の陰から筆頭与力の富田治兵衛が様子を窺っているのに気づいた。

第二章　黒い影

一

翌日の朝、八丁堀の屋敷に浅草阿部川町伊右衛門店の大家で吾一という者がやって来た。毎日やって来る髪結いが引き上げてから、剣一郎は客間に行った。

羽織姿の五十年配の男が低頭した。

「突然、押しかけて申し訳ございません。私は阿部川町伊右衛門店の大家で吾一にございます」

「伊右衛門店といえば竹細工師の玉吉が住んでいる長屋だが、玉吉に何かあったのか」

そこの大家がわざわざやって来たことに、剣一郎はなにやら異変を察した。

「はい。じつはきのう、玉吉が火盗改めの役宅に連れて行かれたまま夜になっても帰って参りませんでした」

「なに、玉吉が火盗改めに？」

おそらく横瀬藤之進の火盗改め方であろう。

「はい。大江伝蔵という与力がやって来て、玉吉を無理やり連れて行きました。牢内で伝助に付け火をそそのかした罪で取り調べると。何かの間違いであり、取調べで疑いも晴れるだろうと思っていたのですが、とうとう帰って来ませんでした。青柳さまが玉吉に会いに来たと伺いまして、こうしておすがりに参った次第にございます」

「あい、わかった。私に任せていただこう」

「なにとぞ、お願いいたします」

大家は何度も頭を下げて引き上げて行った。

あの下田道次郎という同心を信用し、玉吉のところに連れて行ったことがこんな結果をもたらしたのだ。

そもそも、火盗改めが伝助に目をつけたのも、剣一郎が伝助を探していたからだ。まさか、このような結果になるとはと、剣一郎は臍《ほぞ》を噛《か》んだ。

横瀬藤之進は剣一郎を生涯の敵のように思っているのだ。強引な探索も厭《いと》わず、なりふり構わない。そこに危険を覚えるのだ。剣一郎を叩くためには、無辜《むこ》の人間が捕まったり、拷問にかけられたりすることを恐れていた。いま、その恐れが現実のものとなったような気がした。

すぐに出仕《しゅっし》の支度をし、剣一郎は継裃《つぎがみしも》で、槍持《やりもち》、草履《ぞうり》取りなどの供を連れ、数寄屋橋《すきやばし》御門内の南町奉行所に向かった。

ふだんは楓川《もみじがわ》沿いや京橋川《きょうばしがわ》沿いの風景を愛で、微妙な季節の変化を味わいながら奉行所に向かうのだが、きょうはそのようなゆとりはなく、急ぎ足になっていた。

奉行所についてから、年番方与力の宇野清左衛門《うのせいざえもん》のもとに行った。

年番方与力は金銭面も含め、奉行所全般を取り仕切っている。したがって、清左衛門は実質的に奉行所内の長である。お奉行といえども清左衛門の力なくしては奉行職を全うすることは出来ないほどの存在である。

清左衛門も出仕したばかりのようで、同心がいれた茶を飲んでいるところだった。

「宇野さま。よろしいでしょうか」

「おお、青柳どのか。これへ」

清左衛門は招いた。

「失礼いたします」

剣一郎は清左衛門の近くに畏まった。

「どうしたな」

清左衛門は湯呑みを置いてきいた。

「じつは先日の付け火の一件で、当分加役の火盗改め横瀬藤之進さま配下の与力が『増田屋』の元下男伝助に疑いを向け……」

剣一郎は経緯を説明し、

「その上で、牢内で仲良くなった玉吉を付け火をそそのかした罪で引き連れて行ったとのこと。過酷な拷問で誤った自白をひきださぬとも限らず、これから横瀬さまにお会いしに行きたいと存じます」

「青柳どのは伝助は無実だと思っておるのだな」

「はい。ましてや、玉吉はまったく無関係でございます。玉吉の身も心配でありますし、どうかお許しを」

「わかり申した。行くがよい。いざとなれば、我が南町が相手だ」

「ありがとうございます。では、さっそく」

剣一郎は清左衛門のもとを下がると、供もつけず単身で駿河台の御先手組頭横瀬藤之進の屋敷に向かった。

剣一郎は駿河台にある横瀬藤之進の屋敷にやって来た。ここは今や、火盗改めの役宅である。

剣一郎は門に近づいた。以前、一度この屋敷を訪問したことがある。そのときと同じ門番が応対した。鋭《するど》い視線が投げかけられた。門番が出て来た。

「八丁堀与力青柳剣一郎でござる。横瀬藤之進どのにお取り次ぎくだされ」

剣一郎は迫るように言った。

その迫力に押されたかのように、

「お待ちくだされ」

と、門番は急いで奥に走って行った。

やがて、若い武士がやって来た。前回とは別の武士だ。

「どうぞ」

若い武士は丁寧《ていねい》に剣一郎を招き入れた。

門内に入り、玄関に向かう。庭のほうに数人の男の姿が見えた。向こうが火盗改めの役所になっていて、仮牢もあるのだろう。

玄関に入り、若い武士に大刀《たち》を預ける。剣一郎は前回と同じ、玄関脇にある客間に通された。

横瀬藤之進が現れたのは四半刻（三十分）以上経ってからだった。

大柄な体を、剣一郎の前に置くや、

「さっそく来たか」

と、挨拶抜きで不敵に笑った。

「用向きがおわかりでございますか」

「玉吉のことであろう」

「さようでございます。いったい、玉吉をどのような疑いで？」

「玉吉は、伝助に入れ知恵をした」

「はて、どのような入れ知恵でございましょうや」

「伝助に肩入れをし、付け火をそそのかした疑いだ」

「その根拠はいかに？」

剣一郎は身を乗り出した。

「出牢した伝助は玉吉を訪ねている。牢内で打ち合わせてあったからだ。だとすれば、付け火の話があったとしても不自然ではない」

「それは想像でしかありません」

「わずかでも可能性があれば調べるのは当然であろう」

「しかし、証拠もないのにいきなり捕まえるのは問題ではありませぬか」

「青柳剣一郎。旧知の仲ゆえ、わしはそなたに会ってやったのだ。役儀のことで差し出がましい口をきくのは無礼であろう」

「旧知の仲ゆえ、申し上げております。万が一、無実の人間を捕まえたりしたら……」

「その心配は無用。玉吉は白状した」

「白状？　何を白状したのでございましょうか」

「伝助が付け火をすると言っていたのを聞いていたそうだ。だから、『増田屋』のある岩本町で火事が発生したと知ったとき、伝助の仕業《しわざ》だと思ったそうだ」

「まさか、拷問で？」

「我らには我らのやり口がある。伝助の件は我らに任せてもらう。南町は引っ込んでいてもらおう」

「横瀬さま。そんなやり方をしていたら、火盗改めは世間の信頼を失いまする」

「剣一郎。我らが相手にしているのは火付け盗賊だ。世間から恐れられてこそ、凶悪な者たちを取り締まることが出来るのだ。そなたは、せいぜい町内の揉め事に首を突っ込んでいればいい。よし、これまで」

藤之進はすっくと立ち上がった。

「横瀬さま。玉吉を連れて帰りたいのですが」

剣一郎は頼んだ。

「いや。もう少し、訊ねたいことがある」

「玉吉は罪を犯したわけではありませぬ。ここに留めておく理由はありませぬ」

「いや。伝助を誘き出すためだ。玉吉は我らに協力をしてくれている」

「では、玉吉に会わせていただけましょうか」

「断る。奉行所の出る幕ではない」

「玉吉はいつ帰していただけますか」

「二、三日のうちだ」

藤之進は部屋を出て行った。

玉吉は仮牢に閉じこめられているのだろう。拷問の跡があるので、会わせられないのに違いない。

玉吉は嘘の証言をさせられたようだ。だが、火盗改めの目的は玉吉ではない。二、三日のうちに帰されるのは間違いない。

剣一郎はやりきれない思いで、客間を出て、玄関に向かった。そこで刀を受け取り、門に向かう。

ふと、玄関の脇からこっちを見ている男に気づいた。剣一郎が顔を向けると、あわてて建屋の横に身を隠した。同心の下田道次郎だ。玉吉のことで、良心の呵責《かしやく》を感じているのか。

剣一郎は横瀬藤之進の役宅をあとにした。藤之進の勝ち誇ったような顔が脳裏に残っている。

確かに凶悪犯に立ち向かうためには藤之進の言うようなやり方が必要とされるかもしれない。だが、それによって、無実の者が嘘の自白をさせられたりしてはならない。

駿河台から浅草阿部川町にやって来た。

伊右衛門店の大家吾一に会い、玉吉の様子を知らせた。

「火盗改めの横瀬さまの話では、二、三日のうちに玉吉は帰れるとのことであった」

「では、伝助に付け火をそそのかしたという疑いは晴れたのでございますね」

「うむ。その疑いは晴れた」

はじめからそんな疑いはなかったのだと、剣一郎はいまいましく思った。

「玉吉が戻ったら知らせてもらいたい。自身番に言えばよい」

「畏まりました」

大家と別れてから自身番に寄り、玉吉が帰ったら知らせてくれるように頼んだ。

それから、三味線堀から向柳原《むこう》を抜けて新シ橋を渡って岩本町にやって来た。焼跡もだいぶ復興が進んでいた。

『増田屋』の裏手と隣接していた旗本西田主水の屋敷も普請にかかっている。土蔵の脇には仮小屋があり、若党や中間らしい男の姿があった。

今回の火事で、唯一の犠牲者が西田主水の用人だった。風邪で寝込んでいて逃げおくれた主人を助けて自分が犠牲になった用人の忠義は人びとの評判になっている。

だだっぴろくなった西田主水の屋敷の跡を眺めていると、背後から声をかけられた。

「青柳さま」

振り返ると、京之進だった。

「どうかなされましたか」

京之進も西田主水の屋敷跡に目をやった。

「主人を助けて自分が犠牲になった用人のことを考えていた」

「忠義のひととして、谷中《やなか》の西田さまの菩提寺《ぼだいじ》に建てられたお墓にはお参りするひとがかなりいるそうです」

「そうか。ところで、付け火の犯人はまだつかめないか」

「火事との関係はまだわかりませんが、あの夜の五つ（午後八時）過ぎ、隣の松枝町《まつがえちょう》にある居酒屋に三人の人相の悪い男が客として来ていたそうです。はじめての客で、三人とも無言で酒を呑んでいたそうですが、なんだか血走った目で怖い顔をしていたと」

「血走った目だと。穏やかではないな」

「はい。他に客もいたのですが、その周辺には座らなかったということです」

「この辺りの人間ではないのだな」

「はい。ただ、亭主はその中のひとりを以前に近くで見かけたことがあったそうです」

「亭主は三人の顔を覚えているか」

「ええ。覚えています」

「その男達のことを、『増田屋』の幸兵衛には確かめてみたか」

「はい。幸兵衛や番頭にも三人の男の特徴を言って訊ねましたが、心当たりはなかったということです」

「そうか。それから、何も標的が『増田屋』だったとは限らない。あのようにからからに乾いた空気の中だ。『増田屋』からの出火で両隣、あるいは数軒隣まで延焼する可能性はある。標的の範囲を広げてみたほうがいい。いずれにしろ、その三人についてもっと聞き込みを続けるのだ」

「承知しました」

「ところで、京之進。まずいことになった」

剣一郎は厳しい顔つきになった。

「なんでございましょうか」

京之進の顔つきも変わった。

「火盗改めが、伝助を付け火の犯人と決めつけて探索をしている」

「伝助をですか」

「そうだ。伝助は出牢したあと、牢内で知り合った竹細工師の玉吉を頼っている」

剣一郎は玉吉が火盗改めに嘘の証言を強要された疑いを話した。

「ひどい。あまりにもひどすぎます」

京之進が憤慨した。

「付け火は伝助ではない。だが、伝助の行動も腑《ふ》に落ちぬ。なぜ、伝助は姿を消したままなのか」

「自分が疑《うたぐ》られると思い、出てこられないのでしょうか」

「いや、自分が疑られるとは思っていないはずだ」

ふと、剣一郎はあることを閃《ひらめ》いた。

「ひょっとして、伝助は何者かに連れ去られたのかもしれぬ」

「伝助がですか」

「そうだ。連れ去った人間こそ、付け火の犯人だ。伝助は付け火を目撃したのかもしれない。だが、大柄な伝助をどうやって連れて行くか」

「ひょっとして神田川……」

「そうだ。船だ。伝助は船に連れ込まれたのだ。刃物で威《おど》すにしても大柄な伝助を船まで連れて行くにはひとりでは無理だ。やはり、例の三人組が気になる」

「さっそく今のこと、調べてみます」

そう言い、京之進は手下が待っているところに走って行った。

剣一郎は改めて不安を覚えた。伝助が付け火の現場を見ていたとしたら、口封じをされるのではないかということだ。

きょうまで伝助が『増田屋』に現れないのは、殺されたか、良くても動くことが出来ない状態だからではないか。

剣一郎はそれから奉行所に戻って、宇野清左衛門に火盗改め横瀬藤之進との話し合いの顚末《てんまつ》を説明した。

「青柳どのは伝助の仕業ではないと思っているのだな」

「はい。確たる根拠はなく、勘だと言われてしまえばそれまでですが、伝助の人間性からいって付け火は似つかわしくありません。仮に、伝助の仕業だとしたら、伝助は火を放ったあと、現場から逃げ出すようなことはありません」

「そうか。火盗改めの暴走か」

清左衛門は侮蔑《ぶべつ》したように口許を歪め、

「何の罪もない人間を地獄に落とすような火盗改めの暴挙をなんとか食い止めねばならぬ」

と、珍しく怒りをみせた。

何ら進展がないまま二日経った。

その日の朝、出仕した剣一郎は年番方与力の宇野清左衛門に呼ばれた。

「青柳どの。向こうに」

剣一郎が顔を出すと、清左衛門は待っていたように立ち上がった。

清左衛門は剣一郎を別間に連れて行った。内与力の詰所の隣の部屋である。そこに、内与力の長谷川四郎兵衛《はせがわしろべえ》がいらついた顔で待っていた。

内与力というのは、奉行所内の与力ではなく、お奉行が赴任するときに自分の股肱《ここう》と頼む家来を連れて来て内与力として置いている。

お奉行の家来だから、お奉行が任を解かれたら、いっしょに引き上げてしまうのだ。

「青柳どの。火盗改めが付け火の犯人として、『増田屋』の元下男の伝助を手配したことを存じておろう」

四郎兵衛がいきなり切り出した。

「はい。聞いております」

「お奉行が無罪放免を言い渡した日の夜に、伝助は付け火をし、あのような惨事《さんじ》を引き起こした。そのことで、きのうお奉行は登城した際、ご老中より叱責《しっせき》されたのだ」

火盗改めは若年寄の支配であり、町奉行所は老中の支配である。おそらく、火盗改めの横瀬藤之進は伝助の件を若年寄に報告し、若年寄が老中に告げたのであろう。

「付け火の恐れがある者を野に放ったのはあまりにも軽率ではなかったかと、ご老中はお怒りだ。なぜ、このような事態を招いたのか、調べて報告せよということだ」

「恐れながら、まだ付け火の犯人が伝助と決まったわけではありませぬ」

剣一郎は異を唱えた。

「だが、牢内でいっしょだった男が『増田屋』に恨みを晴らすと言っていたと証言したそうではないか」

「その証言、いささか疑わしゅうございます」

「なに？」

「玉吉という男に私も会っておりますが、そのようなことはまったく話していませんでした。おそらく、拷問によって偽りの証言をさせられたものと思われます」

「なぜ、火盗改めがそこまでするのだ？」

「当分加役の横瀬どのは本役を狙っているのでありましょう。そのために、早く手柄を立てようと焦っているのではないでしょうか」

清左衛門が口をはさんだ。

清左衛門は横瀬藤之進と剣一郎の関係を知っているが、そのことは口にしなかった。

「いずれにしろ、向こうは我が南町に対して激しい敵対心を持っております。その感情が、不用意に伝助なる者を犯人だと思い込ませてしまったのではありますまいか」

「もし、それがまことならば由々しきことではないか。無実の人間を貶《おと》めることになる」

四郎兵衛が憤然《ふんぜん》と言ったが、

「しかし、伝助が行方を晦《くら》ましているのは何かあるからではないのか。このことひとつとっても、火盗改めの言い分に理があるように思えるが」

と、気弱そうな顔で剣一郎を見た。

「確かに、伝助の行方が知れないのは尋常《じんじょう》なことではありません。また、あの日の夜、『増田屋』の近くで伝助が目撃されているようです。しかし、これは伝助が付け火をしたという証拠になるものではなく、伝助は何かの異変に巻き込まれた可能性があることを物語っていると思えます」

剣一郎はさらに続けた。

「あの夜、近くの居酒屋に不審な三人組の客が来ていたことが植村京之進の調べでわかりました。また、犯人の狙いは『増田屋』だったとは限りません。『増田屋』からの出火で両隣、あるいは数軒隣まで燃やすことは可能でした。さらにいえば、火事に便乗して盗みを働こうとした輩《やから》の仕業も考えられます」

「なるほど」

剣一郎の説明に、四郎兵衛は少し安堵《あんど》したようだった。

「しかし、まだ犯人の手掛かりはないのだな」

「はい。残念ながら」

「長谷川さま」

清左衛門が口をはさんだ。

「また、この探索を青柳どのにお願いしたいと思うのですが、いかがか」

「一刻も早く解決し、火盗改めの鼻を明かしてやりたい。青柳どの。しっかり頼む」

「はっ」

部屋を出て年番方の部屋に戻ってから、清左衛門が苦笑した。

「長谷川どのは珍しく青柳どのに頭を下げた。よほど、お奉行がご老中から叱責されたことが堪《こた》えているのかもしれぬな」

そこまで言って、清左衛門は真顔になって、剣一郎に訴えた。

「青柳どの。面倒な事件のたびに頼ってばかりで申し訳ないが、お奉行の無念を晴らすためにも、しっかり頼みますぞ」

「はっ。必ずや」

伝助を助けるためにも真相を突き止めなければならないと、剣一郎は身を引き締めた。

二

その夜、夕餉《ゆうげ》のあとで、剣之助がやって来た。

「父上。よろしいですか」

「うむ。入れ」

襖を開けて、剣之助が入って来た。

「父上。お奉行が伝助のことでご老中よりお叱りを受けたとのこと。お聞きでいらっしゃいますか」

差し向かいに座って、剣之助が昂奮して言った。

「うむ。無罪放免を言い渡した日の夜に、伝助は付け火をし、あのような惨事を引き起こした。そのような事態になったわけを調べ詳しく報告せよと、お奉行はご老中に命じられたそうだ」

「はい。そのことで、橋尾さまはお奉行と話し合いをされています」

「ご老中がそういう話を持ちだしたのは、火盗改めの言い分を真《ま》に受けてのことだ」

「火盗改めは伝助が付け火の犯人だと決めつけて手配しているそうにございますが？」

「そうだ。火盗改めは間違っている」

「伝助は犯人ではないのですか？」

剣之助はすがるようにきいた。

「違う。伝助の仕業ではない。だが、伝助ではないという明確な証拠もない」

「………」

「剣之助。ご老中は、無罪放免した男がその夜のうちに付け火をしたことを問題にしているのだ。なぜ、そのような男を放免したのかということだ」

「伝助を無罪放免にしたことが間違っていたのでしょうか」

「その過程が問題だ。幸兵衛に勘違いだったという証言をさせて伝助を無罪にした。だが、真相はどうだったのか。そこの追及が曖昧《あいまい》ではなかったか。そこに火盗改めがつけ入る隙《すき》が生じてしまったのだ。もし、幸兵衛の勘違いであったら、そのために伝助を牢に送り込んでしまった罪は重いはずだ。だが、幸兵衛になんらお咎めがない。このことが……。いや、また蒸し返しになるからやめよう。ただ、これだけは言っておく。あの五十両の件、決着がつかないまま終わってしまった。伝助にしてみれば曖昧な結果に終わったことが不満だったことは間違いない」

「あれは伝助の仕業ではなかったのですか」

「違う。伝助は濡れ衣だった。もし、幸兵衛の温情で無罪になったとしたら、伝助は出牢したとき『増田屋』を訪れたはずだ。だが、近くまで行ったものの、伝助は『増田屋』に足を踏み入れる気がしなかった。なぜか。濡れ衣を着せられたままだからだ」

「それは……」

「幸兵衛にお咎めをくださなかったのは、左門も剣之助も伝助が五十両を盗んだものと決めつけていたからだ。伝助にとっては、温情裁きでもなんでもなかった」

剣之助は呆然《ぼうぜん》としている。

「まあ、すんだことだ」

剣一郎は話を打ち切ろうとした。だが、剣之助は食い下がってきた。

「幸兵衛に咎を与えるべきだったというのですか。さすれば、伝助の溜飲《りゅういん》が下がり……」

「いや。咎を受けるとわかっていたら、幸兵衛は勘違いだったとは証言しなかったかもしれない」

「そうでしょうね。幸兵衛に何か問題が？」

「わからぬ。ただ、伝助は積極的に自らの潔白を主張していない。伝助のおとなしい性格ゆえか、あるいは誰かをかばっていたか」

「………」

剣之助は唇《くちびる》を嚙んだ。

「剣之助。わしが左門の吟味にどうのこうのと口出しするつもりはない。ただ、剣之助にはわしの疑問をぶつけた。剣之助がどう考えるかは、そなたの勝手だ」

そのとき、多恵がやって来た。

「京之進どのがお見えです」

「よし。ここに通せ」

「はい」

剣之助がすかさず場所を空けた。

しばらくして、京之進が入ってきた。

「夜分、恐れ入ります」

剣之助にも挨拶をし、京之進は剣一郎の向かいに座った。

「うむ。ごくろう。で、何かわかったか」

「はい。『増田屋』近隣の商家に当たってみましたが、とくに恨みを買うような問題はなかったということでした。例の三人組にも心当たりはないとのこと」

「そうか」

それは半《なか》ば予想していたことだ。

「船の件では収穫がありました」

京之進の声が一転して弾《はず》んだ。

「火の手が上がってしばらくして、三、四人の黒い影が柳原の土手を駆け下り、神田川に留めてあった川船に乗り込んだのを夜鷹《よたか》買いの職人が見ていました。ただ、顔はわからなかったが、男のようだったと」

「三、四人？」

「それが、目撃した職人の話では三人ともうひとりいたようだと。ただ、ひとりを背負うようにして船に乗り込んだそうです。ただ、いかんせん暗いので黒い影が動いていただけだと。船は大川に向かったということです」

「黒い影の中に伝助がいたのかもしれぬ。いずれにしろ、伝助は何かを見たのだ。それで連れて行かれた可能性が高い」

「それから、土手の手前で三人組のひとりとすれ違った男がおりました。油臭かったと言っていました。やはり夜鷹買いの男です」

「なんとしてでも、その三人組の行方を探すのだ」

「はい。いま、船の行方を追っています」

「うむ。京之進、でかした。引き続き、探索を頼む」

「はっ。では、これにて」

京之進が引き上げてから、

「剣之助。明日、左門にこのことを話し、お奉行には付け火の犯人として不審な三人組が浮上していると説明するように言うのだ」

「わかりました」

剣之助も引き上げ、ひとりになってから、剣一郎は障子を開け、廊下《ろうか》に出た。

暗い庭に白い花が浮かんでいた。

剣一郎は伝助の行動を想像してみた。玉吉の長屋から伝助はどこへ向かったのか。

その夜のねぐらを求めなければならない。『増田屋』の近くで目撃されているのだから、もう一度『増田屋』に行こうとしたのかもしれない。だが、やはり、店には行けなかったのだ。

では、どこで夜を明かそうとしたのか。やはり、柳森神社が考えられる。伝助はそこで一夜を過ごそうとしたのではないか。

だが、そこで火の手が上がるのを目撃した。『増田屋』のほうだと気づき、伝助はそこに向かった。

そこで、伝助は逃げて来る三人組と出くわしたのではないか。あくまでも想像の域を出ない。だが、伝助はその三人組といっしょにいるような気がしている。いや、もし何かを見てしまったのだとしたら……。悪いほうに想像が働く。


翌日の朝、浅草阿部川町の自身番の者が屋敷にやって来た。

ゆうべ、玉吉が帰って来たという大家からの言伝《ことづ》てを持って来たのだ。それを受けて、剣一郎は着流しに浪人笠をかぶって屋敷を出た。

風が強い。浜町《はまちよう》界隈の武家地にある大名屋敷の上空に大凧《おおだこ》が舞っている。年が明けて、二十日以上経ち、町家のほうでは凧揚げや羽子板遊びもだんだん減って来ているが、武家地では風の強い日は大凧を上げて楽しんでいる。

阿部川町にやって来て、剣一郎はまず大家の吾一に会った。

「青柳さま」

大家が飛び出して来た。

「玉吉が帰ったそうだな」

「それが……」

大家は困惑した顔をした。

「どうした？」

「いけません。ともかく、会ってください」

大家は先に立って玉吉の住いに向かった。

腰高障子を開け、大家は勝手に土間に入った。剣一郎も後ろから部屋を覗き込む。

玉吉が部屋の隅《すみ》で膝小僧《ひざこぞう》を抱えるようにしてしゃがんでいた。

「玉吉。青柳さまがお見えだ」

大家が声をかけた。

玉吉の体がぴくっとした。怯《おび》えたような目を向け、玉吉は壁際に身を寄せた。

「玉吉、どうしたんだ？　南町の青柳さまだ」

大家が叱るように言う。

剣一郎は唖然とした。玉吉は怯えきっている。よほどの恐怖を味わったのだ。拷問であろう。

玉吉は激しい拷問を受けたに違いない。おそらく、着物で隠れているが、背中は腫《は》れているのかもしれない。

「玉吉、安心しろ」

剣一郎は声をかけた。だが、いやいやをするように、玉吉は首を横に振った。

「帰ったときからこの調子なんです」

大家は嘆息《たんそく》を漏らした。

「可哀《かわい》そうに。よほどの恐怖を味わったのかもしれない」

過酷な拷問に遭《あ》い、嘘の証言をしてしまったのだろう。拷問の恐怖と嘘の証言をしたという自責の念が玉吉を苦しめているのだ。

拷問により何を言わされたのかをきき出そうとしたが、玉吉の様子は異常だった。何の罪もない人間をこんな目に遭わせた横瀬藤之進に改めて怒りが込み上げて来た。

「これ以上、刺激してもいけない。きょうのところは引き上げよう」

「申し訳ございません」

大家は頭を下げた。

土間を出てから、剣一郎は言った。

「侍を見れば、みな火盗改めに見えるのかもしれない」

「相当な目に遭わされたのでしょうか」

「いちおう、医者に見せたほうがいい。体のどこかを怪我しているかもしれぬ」

だが、体の傷より心の傷のほうが深刻だ。

「大事にしてやってくれ。もし、手にあまるようなら、相談して欲しい。なんとか手立てを考える」

「はい。ありがとうございます。なあに、長屋の連中で、きっと元通りの玉吉にします」

「また、そのうち顔を出す」

「はい。ありがとうございました」

大家の声を背中にきいて、剣一郎は長屋木戸を出た。

町奉行と火盗改めとではその役割は大きく違う。ともかく、火盗改めは凶悪犯を捕らえることが第一であり、そのためには手段を選ばない。疑わしいものはどしどししょっぴいて拷問にかける。

しかし、そのために無実の者に犠牲を強《し》いることは許されることではない。ただ、火盗改めとて闇雲《やみくも》に探索をしているわけではない。火盗改めはまこと伝助が犯人だと信じきっているのだ。その目を覚まさせるには、真犯人を見つけるしかないのだ。

新堀川沿いから蔵前に出て浅草御門をくぐった。ちょうど、両国広小路《りょうごくひろこうじ》のほうに向かって、岡っ引きが走って行くのが見えた。

何かあったのかと気になり、剣一郎は岡っ引きのあとを追った。

両国橋の橋番屋の番人が川のほうを見ている。岡っ引きは両国橋を渡って行った。

「何かあったのか」

笠を上げ顔を見せ、剣一郎は番人に声をかけた。

「あっ、青柳さま。百本杭《ひゃっぽんぐい》に土左衛門《どざえもん》が引っかかったようにございます」

「土左衛門？」

「はい。男が浮かんでいたそうです。こっちの船宿から船を出して向かったところです」

たちまち、剣一郎の胸に不安が掠《かす》めた。

まさかと思いながら、剣一郎は両国橋を渡った。

すでに異変に気づいて、欄干《らんかん》に野次馬が集まっている。百本杭は大川の流れを押さえるために打ちつけた杭で、御竹蔵《おたけぐら》の近くだ。

橋を渡ってから、大川沿いに百本杭まで急いだ。

ちょうど、水死体が陸に上げられたところだった。岡っ引きや町役人たちが集まっていた。剣一郎は死体のそばに行った。

「これは青柳さま」

町役人が会釈をした。

「ちょっと顔を検めさせてもらう」

剣一郎は死体のそばに行き、合掌《がっしょう》してから、土気色《つちけいろ》の顔を見た。伝助ではなかった。死体は水を飲んでいないようだ。水死とは違う様相を呈《てい》している。

死体をもう一度見て、剣一郎はあっと声を上げた。

肩がざっくり斬られていた。斬られてから大川に捨てられたのだ。男の顔を改めて見た。頬骨《ほおぼね》が飛び出て、鋭《するど》い顔立ちだ。堅気《かたぎ》の人間ではない。そう思った。

そこに京之進が駆けつけて来た。

「青柳さま。ひょっとして伝助では?」

やはり、京之進もそのことに思い至って駆けつけたようだ。

「京之進か。違う、伝助ではなかった」

剣一郎は否定してから、

「だが、斬られたあとに川に投げ込まれたようだ」

「殺してすか」

京之進は死体を検めた。

「死んでから丸一日以上経っているようだ。おそらく一昨日の夜だろう、殺されたのは」

剣一郎はそうみた。

投げ込まれた場所は向島《むこうじま》辺りか。

「堅気の人間じゃありませんね」

京之進が顔をしかめて言う。

「ちょっと気になることがある。考えすぎかもしれないが、例の三人組、その中のひとりだという可能性もある。居酒屋の亭主に確認してもらってくれぬか」

「まさか」

京之進は小首を傾げたが、

「わかりました。さっそく、確かめます」

と、傍《かたわ》らにいた岡っ引きに声をかけた。

付け火の三人は船で神田川から大川に出たらしい。向島のほうに向かったことは十分に考えられる。

剣一郎は向島のほうをみた。その上空にはなにやら怪しい雲がたちこめているような気がした。

それから一刻（二時間）後、剣一郎の想像通り、百本杭に引っかかっていた男が三人連れのひとりだったことがわかった。

三

付け火から十日経った。

太鼓《たいこ》を打ち鳴らしながら、二月の初午稲荷《はつうまいなり》祭りの太鼓売りが町の辻《つじ》を横切って行く。

焼跡からの復興は目ざましい。あちこちで鳶の者が基礎の工事をしたり、建家の骨組みが出来ていたりと普請が進んでいた。

剣一郎は『増田屋』の前にやって来たが、深編笠の中から旗本西田主水の屋敷を見ていた。

「今回の火事で怪我人はたくさん出たが、死んだのはひとり。それが用人だ」

剣一郎は横にいる文七《ぶんしち》に話した。

剣一郎が私的に使っている男である。妻多恵の引き合わせで使うようになったのだが、多恵はどういう関係かを言おうとしなかった。だが、文七は多恵の腹違いの弟ではないかと思っている。

「付け火をしたのは松枝町の居酒屋にやって来た三人連れの可能性が強い。だが、『増田屋』をはじめ、近隣の住人はその三人について心当たりはないという。そこで、気になったのが西田主水どのの屋敷だ。燃え方は『増田屋』よりはげしかったように思えるのだ。ひょっとしたら、三人の狙いは西田どのだったかもしれぬ」

「西田さまのお屋敷の裏手と『増田屋』の裏手は接していますね。何らかの目的で三人は西田さまの屋敷に忍び込んだということですね」

頭の回転の速い文七はすぐに剣一郎の考えを理解した。

「あの夜、屋敷で何があったのか。用人は単なる焼死ではないかもしれぬ」

「わかりました。奉公人を当たってみます」

西田主水は三百石の旗本だ。家来は用人、若党、門番、槍持、中間、草履取り、奥には女中や下男、下女《げじょ》がいたはずだ。そのうちの用人が死んだ。

いまや武家奉公人も譜代の者は少なく、口入れ屋から世話をされた渡り者が多い。そういう奉公人なら口はそれほど重くないはずだ。

「では」

文七は音もなくいずこへ去って行った。

もし、そうだとすると、三人の目的はなんだったのか。

剣一郎は柳原通りに出て、筋違御門《すじかいごもん》をくぐって下谷広小路《したやひろこうじ》から山下《やました》を過ぎて、入谷《いりや》に向かった。

宇野清左衛門に訊ねたところ、三年前まで、旗本西田主水は勘定奉行の下に十二人いる勘定組頭のひとりで、土木・建築費の監督、経理などを行なっていた。

三年前に西丸御殿《にしのまる》が火事になり、その改築費用のうち五百両が紛失していることがわかった。調べた末、当時西田主水の下で働いていた勘定支配の御家人の田丸寿太郎《たまるじゅたろう》が帳簿《ちょうぼ》を不正に改竄《かいざん》していることが判明した。

事件は事前に発覚して、事なきを得たが、田丸寿太郎は切腹し、田丸家は断絶。西田主水も監督責任を問われ、勘定組頭の役を解かれ、小普請入りになった。

この事件に何か裏がなかったか。少しでも気になることがあれば調べておかねばならない。

剣一郎は入谷の田圃《たんぼ》を後ろに控《ひか》えたところにある『心源寺《しんげんじ》』という寺にやって来た。

山門を入り、庭掃除をしていた若い僧侶に訊ねた。

「こちらに田丸寿太郎どののご母堂《ぼどう》がいらっしゃると聞いて参ったが」

「光江《みつえ》さまでいらっしゃいますね」

「そう、光江どのだ。青柳剣一郎と申す。お取り次ぎ願いたい」

「それではきいて参ります。少々、お待ちくださいませ」

若い僧は庫裏《くり》のほうに向かった。まず、住職に確かめに行くのだろう。しばらく待たされた。参拝人が本堂のほうに向かった。

ようやく、若い僧が戻って来た。

「どうぞ、こちらに」

若い僧は剣一郎を導いた。

剣一郎はあとに従う。

若い僧が案内したのは本堂の裏手にある小さなお堂だった。

「光江さまは離れにお住まいですが、昼間はこの阿弥陀堂に籠もられております」

そう言い、若い僧が扉を開け、

「お連れいたしました」

と、中に声をかけた。

「どうぞ」

若い僧と入れ代わって、薄暗い堂内に入る。

正面に阿弥陀像が安置され、その前に年配の女がいた。

「失礼いたす」

剣一郎は板敷《いたじ》きの間に腰を下ろした。

「私は南町奉行所の青柳剣一郎と申します。田丸寿太郎どののご母堂さまでいらっしゃいますか」

「はい」

光江は静かに頷いた。白髪《しらが》が目立つ。出家をしたわけではなさそうだった。

「きょうは、寿太郎どののことをお聞かせ願いたく参りました。つらいことを思いださせるようで心苦しいのですが……」

「どうぞ、構いません」

光江は穏《おだ》やかに答えた。

「寿太郎どのはお幾《いく》つでしたか」

「二十五でございました」

「ご家族は?」

「母ひとり子ひとりでございました。勘定奉行勝手方《かってがた》に入れば出世も叶うからと希望したのです」

「五百両がなくなっていたのを、寿太郎どのの責任とされたようですが、実際はどうだったのでしょうか」

「魔が差したのでございましょう」

光江は淡々《たんたん》と答える。

「寿太郎どのがやったとお考えなのですか」

「はい。そのように聞かされております」

「たとえば、上役からの命令でやむなく不正に手を染《そ》めたとか」

「いえ、そうではありません」

息子の罪を疑おうとしないことに、剣一郎は驚いた。

「寿太郎どのひとりで不正を働こうとしたと？」

「はい」

「失礼ですが、ご本心から？」

「はい」

「ご子息が不名誉なお亡くなり方をしたのに、どうしてそのように穏やかな気持ちでいられるのですか」

「さあ、どうしてでございましょうか」

光江は他人ごとのように言う。

「あなたは罪人の母親とはとうてい思えません。ひょっとして、あなたは寿太郎どのを……」

「青柳さま。寿太郎の父親は小禄ながら直参《じきさん》として武士の誇《ほこ》りを失わずに人生を全うしました。幸い、寿太郎の身内は母である私ひとり」

光江の謎をかけるような言葉に、剣一郎は不審を持った。

「武士として誇りを持ちながら、寿太郎どののなされたことは真逆のこと。そのことをどう思われるのですか」

「青柳さま。あれから三年でございます。寿太郎がいなくなった世の中で、よく三年も生き長らえたと不思議でございます」

光江は答をはぐらかせた。

「当時の上役だった西田主水さまに、ご母堂として何か言いたいことはおありではありませぬか」

「西田さまにはとてもよくしていただきました」

「これは、想像ですが、不正の指図が西田さまよりあったということは……」

「寿太郎ひとりの仕業でございます。罪を犯したあの晩、寿太郎は部屋に閉じ籠もって震えておりました。わけを問うと、帳簿を改竄し、金をくすねたと打ち明けました。すべて、寿太郎がひとりでやったこと」

剣一郎は目の前の女はほんとうに田丸寿太郎の母親であろうかと疑った。それほど、息子を突き放して見ているように感じる。

「西田さまは寿太郎のせいでお役を解かれてしまいました。申し訳ないことをしたと思っております」

「寿太郎どのと親しい友はいらっしゃいますか」

「おりました、何人も。でも、寿太郎があのようなことになってからは関わろうとするものは誰もおりませぬ。この寺に、寿太郎の墓があります。でも、訪れるひとはおりません。人間ってそういうものです」

そのときだけ、光江は寂《さび》しそうな表情になった。

「最後に、妙《みよう》なことをお伺いいたしますが、寿太郎どのには遊び人ふうの男の知り合いはいませんでしたか」

「遊び人？　いえ、あの子は堅《かた》い性格で、そのような者とのつきあいはありません」

「そうですか。わかりました。つらいことを思いださせてしまいました」

剣一郎は腰を浮かせて、

「寿太郎どののお墓をお参りさせてください」

と言い、墓の場所を聞いて、お堂を出た。

墓はお堂の横の道を行ったところだ。田丸家の墓はすぐわかった。その一画の隅にある小さな墓石が寿太郎の墓だ。卒塔婆《そとば》も少なく、他の人間がお参りに来たような様子はなかった。

剣一郎は合掌しながら、母親の穏やかな態度がまたも気になった。

帰りがけ、さっきの若い僧に会ったので、剣一郎は礼を言ったあとで確かめた。

「ご母堂のところに、遊び人ふうの目付きの鋭い男が訪ねて来るようなことはありませんでしたか」

「いえ。どなたも訪ねてはいらっしゃいません」

若い僧ははっきりと答えた。

山門を出て、剣一郎は来た道を戻った。

自分の想像が外れていたことより、あの母親の達観した心持ちに感心しないわけにはいかなかった。

当初は嘆《なげ》き哀しみ、そして周囲を恨んだが、阿弥陀仏と毎日接して、あのような心境になったのであろうか。

上野《うえの》山下に近づいたとき、玉吉のことを思いだし、浅草のほうに折れた。

怯《おび》えて縮み上がった玉吉の姿が脳裏に焼きついている。過酷な拷問に遭い、そのうえ、嘘の証言をさせられた。そのことが玉吉の心をおかしくさせたのかもしれない。

稲荷町《いなりちょう》から阿部川町にやって来た。伊右衛門店に向かうと、さっと惣菜屋の路地に隠れたひと影があった。

剣一郎は眉を寄せ、木戸脇にある大家の家を訪ねた。

「これは青柳さま」

大家の吾一が奥から出て来た。

「玉吉の様子はどうだ？」

「いけません。顔にまだ表情がありません。何か大きな音がすると飛び上がって、辺りをきょろきょろ見回して」

大家は深刻そうな顔をしたが、

「ただ、仕事だけはもくもくとはじめました。まだ外に出られませんので、請け負っていたものをこなしているだけですが」

「いや、それでも仕事を忘れていなかったのは救いだ」

「はい」

「会っていきたいが、侍を見るとまた恐怖に駆られるやもしれぬ。玉吉のこと、よろしく、頼む」

「はい」

「ところで、不審な人間はうろついていないか」

「不審な人間ですか。そういえば、左官《さかん》屋の女房のおくめが人相のよくない男が長屋の路地を覗いていたと言ってました。まさか、玉吉を見張って……」

「火盗改めの密偵だろう」

「火盗改めですって」

「おそらく、伝助が現れるかもしれないと見張っているのだ。いいか、気にしないでいい。無視していろ」

「わかりました」

剣一郎は大家の家を出た。

惣菜屋の前を通ったが、路地にさっきの男の姿はなかった。火盗改めの常次という密偵だった。

無駄骨《むだぼね》だと言ってやりたかったが、どこかに隠れてしまった。あるいは、この近くの家の二階を借り受けて見張っているのかもしれない。

両側に並ぶ小商《こあきな》いの店の二階の窓を眺めた。どこも障子が閉まっている。じっと息を潜め、剣一郎を見つめているのかもしれない。

新堀川に出てからまだ陽が高いので、剣一郎は浅草のほうに足を向けた。

東本願寺《ひがしほんがんじ》前から田原町《たわらまち》を抜けて、ひとでごった返している雷門《かみなりもん》前から吾妻橋《あずまばし》を目指す。

三人組と伝助を乗せた船は吾妻橋をくぐって向島に向かったように思える。今戸《いまど》から橋場《はしば》のほうとも考えられなくはないが、死体が百本杭に引っかかったのは大川を本所側に沿って流れて来たからのように思えるのだ。

吾妻橋の途中から両国橋方面を見る。両国橋の手前、御竹蔵の辺りから大川は右にくねっている。そこに百本杭があり、死体が流れ着いたのだ。

剣一郎は今度は反対側の欄干に移動し、三囲《みめぐり》神社から寺島村《てらじまむら》のほうに目をやった。

なぜ、三人組のひとりが殺されねばならなかったのか。仲間割れだろうか。しかし、殺された男には刀傷《かたなきず》があった。下手人は侍だ。

三人以外に侍がいたのか。それとも、西田主水の手の者の仕返しか。しかし、そうだとしたら、どうして西田主水は三人の隠れ家がわかったのか。

剣一郎は橋を渡り、水戸《みと》家の下屋敷前を通って、三囲神社まで行った。そのまえから対岸の山谷堀《さんやぼり》まで渡し船が出ている。

三人と伝助を乗せた船は真夜中にこの土手の並びのどこかの桟橋《さんばし》についたのではないか。すると、土手の向こうから京之進が歩いて来るのがみえた。

「ごくろう。どうだ？」

剣一郎は声をかけた。

「じつはこの並びにある料理屋の板前が両国橋のほうの空が赤く染まっているのを土手まで出てきて見ていたのです。そのとき、一艘《そう》の船が竹屋《たけや》の渡しの桟橋に着いたのを見ていました」

京之進はさらに続けた。

「どうやら、渡し船を盗んで使ったようです」

「そうか、渡し船をか」

「はい。ただ、夜になって盗み、またその夜のうちに返したので騒ぎにはならなかったそうです」

「もやってある船の綱を解いたり、またもやったりと、誰か船頭がいたようだな」

「はい。おそらく」

「ただ、この付近一帯を探したのですが、伝助を入れて四人の男たちを誰も見ていません。朝から百姓家などを訪ねてみたのですが、誰も知らないのです。斬り合いになった騒ぎも気がつかなかったということです。よそ者が入ってくれば目立つというのですから、もしかしたら仲間を途中で下ろし、ひとりで船を元の場所に返しに来ただけなのではないでしょうか」

「うむ。そなたの考えが合っているようだ。死体が百本杭まで流れ着いたことを考えれば、死体を川に捨てた場所はもっと下流、吾妻橋から両国橋寄りのほうかもしれぬな」

「はい。これから、そっちのほうを調べてみるつもりです」

京之進は岡っ引きや手下を引き連れ、吾妻橋のほうに戻った。

剣一郎もあとに従う。

再び、水戸家の下屋敷前を通り、源森橋《げんもりばし》を渡り、吾妻橋の東詰めを過ぎた。船はどこかの桟橋につけなければならない。

両国橋と吾妻橋の間には御厩《おうまや》河岸の渡しと竹町《たけちょう》の渡しがある。そこの船着場で他の仲間と伝助を下ろした公算が大きい。

探索は京之進に任せ、そのまま剣一郎は両国橋に向かった。

その夜、夕餉のあと、剣一郎は濡縁に出た。春を思わせる暖かい夜風が気持ちよかった。

離れの剣之助夫婦の部屋から志乃とるいの笑い声が聞こえて来た。ほんとうにあのふたりは仲がいいと感心した。

多恵が近づいて来た。

「いったい、あのふたりはどんなことを話し合っているのか」

剣一郎は不思議に思ってきいた。

「さあ、わかりません。でも、たわいもないことだと思います」

「そなたも若い頃はあんなだったのか」

「はい」

多恵は素直に頷き、

「なれど、志乃は私の若い頃よりしっかりしていると思います。私は剣之助が生まれ、母親になってはじめて強くなれたような気がします」

「うむ、母親というのは強いものだな」

剣一郎は田丸寿太郎の母親の毅然《きぜん》とした姿を思いだした。しかし、あの母親は特別だ。

なぜ、息子の死にも動じないのだろうか。

「どうかなさいましたか」

多恵が声をかけた。

「きょう、ある母親に会った。御家人の家柄で、勘定奉行配下の役人であった息子が不正を働き、罪を告白して切腹した。母ひとり、子ひとりだった」

母親の光江と会ったときの印象を話してから、

「あそこまで落ち着いている姿に感銘《かんめい》を受けたが、その一方で、どうしてそれほど達観出来るのかが不思議でならない。息子の死が悲しく、そして悔しくないのか。それとも、悲しみが深すぎて、かえって感情を剝《む》き出しに出来ないのか」

わからない、と剣一郎は言った。

「直参の矜持《きょうじ》をお持ちのお家柄なのですね」

「そうだ。だから、よけいにわからぬ。やったことといえば、先祖代々に対しても泥を塗るようなことだ。直参の矜持などどこにもない」

剣一郎は改めて多恵にきいた。

「母親として、光江どのをどう見る?」

「息子のことを一番信じているのが母親。ましてや、母ひとり子ひとりであれば、なおさらでしょう」

多恵は考えながら続けた。

「少なくとも、光江さまは息子に誇りを持っているのではないでしょうか」

「息子に誇り?」

「はい。光江さまの生きるよりどころは息子の誇りのような気がします」

「なぜだ。息子は不正がばれて、自ら切腹したのだ。そのような息子でも、母親にとっては誇りなのか」

「これは青痣与力とは思えぬお言葉」

「なに?」

多恵の思いがけない強い指摘に、剣一郎は戸惑いを覚えた。

「今のお話を伺った限りでは、光江さまは息子寿太郎どのを誇りに思っております。だから、心穏やかであられるのです」

「つまり、光江どのは息子が不正をしていないと信じているというのか」

「はい。そうだと思います」

「ならば、なぜ、息子の汚名を雪《そそ》ごうとしないのだ?」

「わかりません。ただ、少なくとも、光江どのは寿太郎どのの死を誇りに思っているような気がします。田丸家の先祖にも決して恥じてはいない。だから、菩提寺の一画に住いを構えておられるのではないでしょうか」

「そうか。あの不正事件には裏があると……」

剣一郎は唸《うな》った。

しかし、田丸寿太郎が不正を働いていないとしたら、無実の罪を着せられたことになる。母親は、そのことを知っていてなぜ安閑《あんかん》としていられるのか。

ともかく、謎が多い。そのことが、西田主水にも何らかの形で関わっているとしたら、そこに今回の付け火の動機が見えてくるかもしれない。

ふと、気がつくと、多恵の姿はなかった。そういえば、挨拶して去って行くのを見送った記憶があった。

考えに没頭していて、剣一郎は曖昧に返事をしたようだ。そう思ったそばから、思いは寿太郎の不正事件に向かっていた。

四

火盗改め横瀬藤之進配下の与力大江伝蔵は、浅草阿部川町の外れにある寺の境内に足を踏み入れた。

ほぼ同時に、同心の下田道次郎と常次が山門を入って来た。

「伝助は現れぬか」

伝蔵はふたりにきいた。

「現れませぬ。玉吉を締め上げてから七日ほど経ちます。伝助は現れないのではないでしょうか」

道次郎が疲れたような顔で言う。

「どうやら、伝助の線は微妙になってきた」

伝蔵は苦い顔で言った。

「どういうことですか」

「南町の動きが妙なのだ」

伝蔵は、別の密偵に南町の動きを探らせている。その者からの報告だ。

「妙？」

「数日前、両国の百本杭で死体が見つかった。刀で斬られたあとがあった。その死体を検めに、松枝町にある居酒屋の亭主が呼ばれた」

「それが何か」

道次郎が不安そうにきいた。

「火事のあった夜五つ（午後八時）ごろ、人相のよくない三人連れの男の客があったそうだ。殺されたのは、そのうちのひとりだった」

「………」

道次郎は常次と顔を見合わせた。

「さらに、あの火事の最中、四人の男が神田川に留めてあった船で大川に向かったのを、夜鷹買いの職人が目撃していたそうだ」

「四人？」

「伝助を加えてだ。南町は、その連中が付け火をしたと思っているようだ。伝助はそれを目撃して連れ去られたと見ているらしい」

「まさか……」

道次郎はうろたえたように、

「伝助ではないと言うんですか」

と、声を震わせた。

「南町の見方だ」

伝蔵は吐き捨てるように言う。

「その三人連れのことはほんとうのことなんですかえ」

常次が口を入れた。

「そのことは間違いない。ただ、この連中が付け火をしたかどうかはまだわからん」

「しかし、私たちはとんだ見当違いをしていたかもしれないのですか」

道次郎が泣きそうな顔をした。

「いずれにしろ、伝助は何らかの形で関わっているのだ。伝助を追っていること自体は間違いではない」

伝蔵は苦しい弁明をしてから、

「いいか。三人連れの男についてこっちも調べる必要がある。そこで、そっちの探索に何人か人員を割いた」

伝蔵は道次郎に目を向け、

「そなたは、また青痣与力に張りつき、青痣が何を考えているか探り出すのだ」

「待ってください。私は玉吉の件もあって、青痣与力に合わせる顔はありませぬ。どうか、他のお方にお願いを」

「富田さまの言いつけだ。つまり、お頭の命令だ。それでも、断ると言うなら、俺から富田さまに伝えておく」

「そんな」

道次郎は窮《きゅう》したようにため息をついた。

「どうするのだ？」

「わかりました」

道次郎はうらめしそうな顔をした。

「玉吉のほうはどうするんですかえ」

常次はきいた。

「たまに覗けばいい。あとは、常次も青痣与力の動きを探れ」

「へい」

常次も弱々しい声で応じた。

ふたりと山門を出てから別れ、伝蔵は三味線堀を通って向柳原から新シ橋を渡り、柳原の土手に立った。

和泉橋《いずみばし》のほうに移動する。橋の手前で立ち止まり、土手の上から岩本町方面を眺める。

春の陽射しが降り注いでいる。町の復興は凄まじい速さで進んでいる。

あの火事の夜、ここから四人の男が船に乗り込んだという。四人のうちのひとりは伝助かもしれない。

もし、松枝町の居酒屋に現れた三人連れが付け火の犯人だとしたら、事件は様相を異にする。

なぜ、三人は船を用意していたのか。単に火を放って逃げるだけなら船を必要としまい。そこに三人の目的が見えてくる。

火事のどさくさに紛れて、土蔵から千両箱を盗み出すことが狙いだった。

だが、金を盗まれたという報告はどこの商家からもない。では、盗みに失敗したのか。

ふと、柳森神社のほうから深編笠《ふかあみがさ》の武士が黒羽二重《くろはぶたえ》の着流しの裾を翻《ひるがえ》して近づいて来た。伝蔵ははっとしたあとで、あわててそばに向かった。

「お頭」

伝蔵は呼びかけた。

「だいぶよい陽気になって来た」

横瀬藤之進はのんびりと言う。だが、その言葉と裏腹《うらはら》に厳しい表情だった。

「怪しい三人連れがこの辺りから船に乗ったそうだな」

「はい。大川に出て上流に向かったと思われます。お頭。もし、その三人の仕業だとしたら金を盗む目的だったと思われます。ですが、どこからも金の被害の訴えがないのは強奪に失敗したからではありませぬか」

「火を放ってまで奪おうとしたのだ。そんな簡単に諦めるとは思えぬ」

藤之進は深編笠の下の顔を岩本町方面に向けた。

「気になることがある」

「なんでしょうか」

「西田主水の屋敷だ」

「西田さまの？」

「今度の火事であそこの用人が焼け死んだ。そのことが気になる」

「と仰いますと？」

「なぜ、ひとりだけ逃げおくれたのか。おそらく、青痣与力もそのことに不審を持ったに違いない」

「焼け死んだのではないと?」

「それを確かめたい」

「どうするんですか」

「用人の墓を暴くのだ」

「墓を……」

伝蔵は息を呑んだ。

「死んだのは西田家の用人で丹沢甚兵衛という男だ。墓は谷中だ。ほんとうに焼死かどうか調べるんだ」

「西田さまのほうから抗議が出ませぬか」

「いちおう話は通しておく。抗議はさせぬ」

「寺社奉行のほうには?」

「俺のほうから願いを出しておく。もっとも、疑いがあれば、遠慮せず出来るがな」

藤之進は含み笑いをした。

「明日の朝、谷中の『白雲寺《はくうんじ》』に行け」

「はっ。畏まりました」

伝蔵は昂奮して言った。

翌朝、駿河台の役宅から数人の同心を引き連れ、伝蔵は谷中に向かった。すでに、下田道次郎と常次が先に出向き、墓掘りのための男衆の手配をしていた。

不忍池の東を通り、谷中にやって来た。『白雲寺』は三崎坂の途中にある寺だ。伝蔵が到着すると、しかめっつらをした住職が丹沢甚兵衛の墓地の前で数珠《じゅず》を握って経を上げた。白木の墓標に俗名が書いてある。

長い経が終わってから、伝蔵はやれと命じた。

男たちが鍬《くわ》と鋤《すき》を使い、土を掘りはじめた。まだ、土はやわらかく、どんどん掘り下げられていった。

かつんという音がした。座棺《ざかん》の蓋《ふた》に当たった。

蓋の上の泥を取り除く。

「よし、蓋をとれ」

伝蔵は命じた。

男たちは荒縄を切り、蓋を開けた。うっという呻《うめ》き声が聞こえた。伝蔵は中を覗き込む。

黒焦げになった死体があった。やはり、焼け死んだのか。念のためにはいつくばって胸の辺りを調べた。

黒焦げでわかりづらいが、はだに深い裂《さ》け目が見つかった。さらに、喉にも傷があった。刃物の跡だ。

伝蔵は起き上がり、別の同心に調べさせた。何人かの同心が傷を確かめた。

「刃物で刺されている」

伝蔵は言い切った。

「よし。埋めろ」

再び、蓋を閉め、釘《くぎ》を打ち、土がかけられた。

「大江さま。いったいどういうことでございましょうか」

「あの火事の夜、何者かが西田主水どのの屋敷に押し入ったのだ。そして、用人を殺して逃げた。そういうことだ」

「では、西田さまは賊のことをご存じのはずですね」

「そうだ。西田主水どのは何かを知っている」

伝蔵はこれで青痣与力に一歩も二歩も先んじることが出来ると舞い上がった。町奉行所が支配違いの旗本を取り調べるには面倒な手続きが必要だ。だが、火盗改めには制約はない。

いったん、報告のために駿河台の役宅に引き上げた。
さっそく横瀬藤之進は西田主水を役宅に呼びつけた。

その日の午後、旗本西田主水が駿河台の役宅にやって来た。もちろん、あくまでも参考人であるので、客間で横瀬藤之進と向かい合った。同席したのは筆頭与力の富田治兵衛と大江伝蔵である。

西田主水は三十半ばで、痩《や》せていた。細面の神経質そうな男だった。

お頭の藤之進がじきじきに西田主水に問いかけた。

「用人の丹沢甚兵衛は焼死ではなく、刃物にて刺されていたことがわかった。届け出によれば、そなたを助けようとして焼け死んだということだ。このことについて、ご説明いただこうか」

火盗改めの前に、西田主水は動じることはないようだ。ただ、神経質そうに目をしばたたかせていた。

「お話し申し上げまする。丹沢甚兵衛は自害いたしたのでござる」

「自害とな?」

「はい。あの者は父の代からの用人ではありましたが、私が先年、勘定組頭の任を解かれたあとから悪心を抱くようになったようで、それ以降、我が家の金を着服していたことがわかりました。問い詰めたところ、素直に白状いたし、我が屋敷から放逐《ほうちく》しようと思いましたが、丹沢甚兵衛は生き恥を晒《さら》したくないと申し、小刀《こがたな》にて胸を刺し、喉を掻《か》き切って自害いたしました」

違う。あの傷は自分でつけたものではない。伝蔵は口をはさもうとしたが、よけいなことはしまいと自重《じちょう》した。

「ちょうど、そのとき、火事が発生し、家人一同は避難いたしましたが、甚兵衛の遺体はそのまま置き去りにしたため、あのように黒焦げになりました」

藤之進の顔が不愉快そうに歪んだ。西田主水は構わず続けた。

「鎮火したあと、焼跡から甚兵衛の遺体を見つけ、不憫《ふびん》と思い、私を助けるために逃げ後れたことにし、手厚く葬《ほうむ》ったのでございます。父の代からの家来でございましたから」

「父親の代からの家来が、なぜ御家の金に手をつけたのだ？」

藤之進が追及する。

「先ほども申し上げましたが、私は部下に対する監督不行き届きのために役職を解かれ、小普請入りをしてしまいました。このことで、私を見限ったのだと思います」

「しかし、三年間もわからなかったのか」

「はい。信用しておりましたゆえ」

「それなのに、最近になってどうしてわかったのだ?」

「じつは、火事の前日、暇《ひま》をいただきたいという申し出を受けました。私にとっては寝耳に水のことでございました。そのとき、家計を若党に調べさせましたところ、金を着服していたことがわかったのでございます」

「三年も着服をくり返していた男が、そのことが明るみに出ただけで、すぐに自害したのは信じられぬ」

「主家を裏切っていたことに良心の呵責があったのだと思います。もともとは気の弱い男でございましたから」

「西田どの。丹沢甚兵衛の傷は胸と喉。自害するならば、腹を切るのではないか」

「いえ、丹沢甚兵衛はもともと武家の出ではなく、侍身分に憧れて父の代から奉公に上がったもの。幼少のときから武家としての作法を身につけている武士とは違います る」

藤之進は厳しい顔つきになり、

「西田どの。今のお話は事実に相違ござらぬか」

と、迫った。

「はい。ありのままをお話し申し上げました」

「火事の夜、不審な三人組が目撃されている。火事騒ぎに便乗して、そなたの屋敷に押し入ったということはないか」

「いえ、ございません。そのような三人組が何故、我が屋敷に押し入るというのでありましょうや」

西田主水は自嘲《じちょう》気味に、

「私は小普請入りを命じられ三年。恥ずかしながら、借金まみれの暮らしにございます。盗賊が押し入るような価値はございません」

「しかし、勘定組頭ともなるとかなりの付け届けがあるのではないか。実入りは多かったはず」

「いえ、たいした額ではありません。しかも僅《わず》かな貯えも用人の使い込みで心細くなっておりました」

「そうか。あいわかった。西田どの。わざわざ御足労いただき、すまなかった」

藤之進が西田主水に頭を下げた。

「いえ、ご不審を払拭《ふっしょく》していただけたら幸いでございます。また、何かありましたら、遠慮なく、お申しつけください」

西田主水は余裕の笑みを浮かべて立ち上がった。

伝蔵は西田主水を玄関まで見送った。

「ご苦労さまにございました」

伝蔵は西田主水を平身低頭して見送った。

部屋に戻ると、藤之進が苦い顔をしていた。

「西田どのの弁明には不自然な点が多すぎます」

富田治兵衛が藤之進に訴えていた。

「丹沢甚兵衛なる用人が金をくすねていたという話も、それを咎められて自害したという話も素直に聞き入れることは出来ません」

そこまで言ってから、治兵衛は伝蔵に顔を向けてきいた。

「そなた、甚兵衛の傷をどうみた？」

「あれは匕首《あいくち》で刺された傷とみました。自分で刺したものではありません」

伝蔵は言い切った。

「しかし、西田主水の証言を突き破る証拠がない。西田主水が言うように、三人の男が西田主水の屋敷に押し入る理由がわからぬ」

藤之進が苦い顔で言う。

「西田どのが勘定組頭の役を解かれた事件と何か関わりがあるのではありませんか」

治兵衛が意見を述べた。

「うむ。だが、あの事件ではある意味、西田主水は被害者だ。あれ以来、小普請の不遇をかこっている」

藤之進は腕組みをした。

「それに、押し入られたのだとしても、西田主水がそれを隠す必要はないはずだ。被害者なのだ。それとも、隠さねばならぬわけでもあるのか」

「こういうことは考えられませんか」

治兵衛が口を開いた。

「丹沢甚兵衛が金をくすねていたのは事実で、あの夜、西田主水から叱責されたことも事実。しかし、自害したのではない。甚兵衛が暴れ、争いになった。そのとき行灯《あんどん》を倒し、火が襖に飛び移った。つまり、火元は西田どのの屋敷というわけです。火元を隠すために、西田どのは嘘をついている」

「しかし、火元は『増田屋』の物置付近だということですが……」

伝蔵は遠慮がちに口をはさんだ。

「その根拠はなんだ?」

治兵衛が鋭い声できいた。

「それは油を入れた竹筒が置いてあったことと、その付近の燃え方が激しかったことなどからだと思います」

「竹筒などはあとから置ける」

治兵衛が言った。

「では、あの火事は付け火ではなく、西田どのの不注意によるものと?」

伝蔵は治兵衛の顔を見た。

「自分の責任を逃れんために、『増田屋』が付け火をされたように偽装した。そう考えることは十分に可能だ」

「すると、三人組は付け火と無関係ということになりますが」

伝蔵は疑問を呈し、さらに付け加えた。

「それに、三人組のひとりの斬殺《ざんさつ》死体が百本杭に流れ着きました。これらのことを、どう解釈したら……」

治兵衛は返答に詰まり、救いを求めるように藤之進に顔を向けた。

「丹沢甚兵衛が匕首で刺されたとすれば、やはり三人組の男が押し入って甚兵衛を刺したと考えるべきだろう」

藤之進の目が鈍く光った。

「奉公人なら何か知っているでありましょう」

治兵衛が意見を述べた。

「すでに、青痣与力が調べているかもしれぬが、遅まきながら、我らも奉公人を調べるのだ」

藤之進の目に強く力がこもったのは青痣与力の名を口にしたときだ。藤之進が青痣与力に並々ならぬ闘志を燃やしていることがわかる。

「問題は、三人組が何者であるかだ。百本杭に流れ着いた死体がそのうちのひとりだとなれば、南町はその男の素性を割り出しているかもしれぬ。それを探る必要があるな」

「いま、下田を青痣与力に張りつかせています。いずれ、そのことを掴んでくると思います」

伝蔵が言うと、藤之進が満足そうに頷いた。

「いずれにしろ、西田主水に何かある。主水の屋敷の奉公人の中間だけでなく、女中や下男からも話をきくのだ」

藤之進が厳しい表情になったのは、脳裏に青痣与力の顔を浮かべたからに違いない。事件の真相究明より、青痣与力に打ち勝つことが目的のような気がしないでもなかった。

一千石の旗本の横瀬藤之進が、たかが二百俵与力の青痣与力に本気になって立ち向かっている。そのことが、伝蔵には不思議だった。そして、改めて青柳剣一郎という男を見直す思いだった。

五

翌日も、剣一郎は大川の本所側を歩き回った。竹町の渡しの渡し船が対岸に向かって進んで行く。白魚船《しらうおぶね》が何艘《そう》も浮かんでいる。

京之進たちはあの夜、三人組と伝助を乗せた船は御厩河岸の渡し場か竹町の渡し場で仲間をおろし、ひとりが竹屋の渡し場に船を返しに行ったとみている。

その周辺の探索は京之進たちに任せ、剣一郎は北十間川《きたじっけんがわ》沿いを東に向かった。

水戸家下屋敷の長い塀が続き、対岸の中之郷《なかのごう》瓦町《かわらまち》は焼物師や瓦師の多いところで、河岸は瓦焼き場になっている。

剣一郎は、なぜ賊は船を使ったのかが気になっている。わざわざ船を盗んで、神田川に待機させていた。

考えられるのは荷物である。重たいものを運ぶためだ。その荷物とは千両箱が考えられる。

三人はどこかに押し入り、千両箱を盗もうとしたのだ。いや、あの周辺で盗まれたという訴えがない。盗むことに失敗したのだ。

だが、ともかく、千両箱を運ぶために船を用意したと考えたほうが妥当だ。

そして付け火をし、火事の騒ぎにつけ込んで盗み出そうとしたのだろう。では、いったい狙いはどこだったのか。

水戸家の屋敷が途切れ、剣一郎は小梅村《こうめむら》にやって来た。

古い寺や廃屋になった百姓家などを探して歩き回った。途中で出会った百姓に、伝助を含めた数人の男を見かけなかったかを確かめたが首を横に振った。

やはり、隠れ家はこのあたりではないのかもしれない。剣一郎は横川《よこがわ》のほうに足を向けた。

いったん、この地に逃げ込んだとしても、敵に知られ、仲間のひとりは殺されたのだ。とうに、この地を離れている公算は大きい。

敵の襲撃に遭ったのは殺された男ひとりだけだったのか。もしかして、隠れ家を襲われたとしたら、他にも犠牲者がいたかもしれない。

ただ、それだけの騒ぎであれば、周辺で誰かが気づいたに違いない。それがないのは、隠れ家が狙われたのではなく、やはり殺された男がひとりのときに襲われたのであろう。

剣一郎は横川沿いを南に向かった。業平橋《なりひらばし》の東詰を左に折れ、押上村《おしあげむら》のほうに向かった。やがて、柳島《やなぎしま》の妙見堂《みょうけんどう》が見えて来た。

剣一郎はこの界隈に隠れ家があるような気がしてならない。

ずっとつけてくるのは火盗改めの下田道次郎という同心だ。おそらく、横瀬藤之進の意向であろう。

剣一郎は妙見堂の境内《けいだい》に入った。

遅れて、下田道次郎がやって来た。きょろきょろしている道次郎に、剣一郎は茶店から声をかけた。

「下田どの。こっちだ」

振り向いた道次郎はあっと声を上げた。

そして、ばつが悪そうに近づいて来た。

「座りなさい」

剣一郎は縁台《えんだい》の横を空けた。

「はい」

刀を外し、道次郎は腰をおろした。

「甘酒でもらいますか」

剣一郎はやって来た婆《ばあ》さんに甘酒をふたつ頼んだ。

「そんなに硬くならないでいい」

強張《こわば》った顔をしている道次郎に剣一郎は笑いかける。

甘酒が運ばれて来た。

「さあ」

甘酒を勧めると、道次郎は恐縮したように頭を下げた。

「玉吉に会って来たか」

剣一郎はきいた。

「………」

「姿は見ただろう。すっかり怯えきっている。よほどの恐怖を味わったのであろう。

そのことをどう思う」

「私はお役目で……」

道次郎は萎縮《いしゆく》して答えた。

「役目のためなら、ひとを犠牲にしてもいい。そういうことか」

「いえ」

「玉吉は拷問の恐怖だけでなく、伝助を罪に陥れる証言をしたことで苦しんでいるのであろう」

道次郎は湯呑みを持ったまま俯《うつむ》いている。

「ところで、西田主水の用人丹沢甚兵衛の墓を暴いて、傷を検めたそうだな」

今朝、奉行所に出仕したとき、宇野清左衛門から聞いた。寺社奉行がお奉行に話したそうだ。

「はい」

「やはり、匕首の傷だったか」

「どうしてそれを？」

道次郎ははっと顔を上げた。

「火事現場付近で目撃されている不審な三人組があの夜、どこで何をしたのか。その考えられるうちのひとつが西田家への襲撃だ。西田主水どのに事情をきかれたそうだが、西田どのは何と?」

「西田さまは、用人が長年にわたって金をくすねていたことを追及したところ、脇差で自害した。そのとき、火事が起こったので、用人の死体をそのままにして逃げたと……」

道次郎は素直に答えた。

「なるほど。そう弁明されたか」

「でも、我らは納得していません。例の三人組を……」

道次郎は言いさした。

「そうか。火盗改めも三人組に目を向けたのか。では、伝助のことはどうなった?」

「いえ、それは……」

「まさか、伝助がその三人の仲間だと思っているわけではないだろうな」

「いえ、決して」

「伝助はその三人に連れ去られた可能性がある。伝助は何かを見たのかもしれない。奴らの隠れ家がこの辺りにあるのではないかと睨《にら》んでいる」

「この辺りですか」

「奴らが使った船は三囲神社近くの竹屋の渡しに停泊していたものだ。この辺りで、仲間をおろし、船を返しに行っている」

「青柳さまは、三人の男が西田さまの屋敷に押し入ったとお考えですか」

「そうだ。しかし、目的がわからない。なぜ、押し入ったのか。ただ、船を用意したのは千両箱を運ぶためだったと見ている」

「千両箱ですか」

「そうだ。誰かを連れ去るためとも考えたが、神田川まで連れていくのは難しい。連れ去りではなく、やはり千両箱だ。だとすると、矛盾《むじゅん》が生じる。西田主水どのの屋敷に千両箱があったとは思えぬ」

剣一郎は難しい顔をした。

「百本杭で見つかった死体の素性はわかったのでしょうか」

「いま、盛り場を中心にやくざ者を探しているが、まだ見つからない。あるいは博打打ちかもしれぬ。ただ、用人を刺したり、火を放ったりと、かなり凶暴な連中だ。そこに何か手掛かりがあるやもしれぬ」

「伝助はどうなっておりましょうか。もしや、口封じで……」

道次郎が不安そうな顔をした。

「気がかりだ。伝助はのっそりとしていて、奴らの足手まといでしかない」

きょうまで見つからないのは殺されてどこかに埋められているのかもしれないと、剣一郎は悪い想像をした。

「いや。伝助は生きていることを信じて探索せねばならぬ」

剣一郎は自分自身に言い聞かせた。

「私も生きていることを信じて探してみます」

道次郎が力強く言った。

剣一郎は甘酒を飲み干した。道次郎の湯呑みも空なのを見て、

「そろそろ行くとしよう」

と、立ち上がった。

剣一郎が銭を払った。

「申し訳ありませぬ」

「よい、私が誘ったのだ」

茶店を出てから、道次郎がきいた。

「どうして、私にいろいろなお話をしてくださったのでございましょうか」

「事件を解決させる目的は奉行所も火盗改めもいっしょだ。どっちが手柄を上げるかなど二の次だ。お互いに知り得たことを共有すれば早く解決出来よう」

「はい」

「あと、私からきき出すことはないか。上役から青痣与力の動きを探れと命じられてつけていたのであろうから。今後、つけまわらずともよい。直に訊ねよ」

「恐れ入ります」

道次郎は深々と頭を下げた。

「では、これにて」

道次郎は去って行った。

剣一郎は妙見堂にお参りに向かった。


その夜、屋敷に文七がやって来た。

例により、文七は庭先に立ったまま、濡縁に腰を下ろした剣一郎に報告する。

「西田主水さまのご家族は主水さまの奥様の実家である小川町《おがわまち》の屋敷に避難されておりますが、奉公人のうち、若党と中間は焼跡に仮小屋を作って住んでおりました」

「なに、仮小屋に住んでいる？　若党と中間は夜もそこで過ごしているのか」

「はい。まず、その若党と中間にきいてみましたが、どうも口は重く、要領を得ません。もっとも、長屋のほうに住んでいたのですから母屋で何が起こったのかはわからないのでしょうが」

文七はさらに続けた。

「女中だった女はいま本郷の実家に帰っています。その女中が言うには、女中部屋に引き上げてしばらくしてひとの争うような声と奥方の悲鳴が聞こえたとのこと。ただ、あとで、その頃には火事が発生していたので、炎を見て叫んだのだと思ったということです」

ひとの争う声なら、西田主水の説明のように用人丹沢甚兵衛への叱責ととれなくはない。この証言ではまだ真実はわからない。

「それから下男ですが、この男が妙なことを言っていました。庭から黒い影が走ったのを見たと言っています」

「黒い影とな」

「はい。ただ、そのとき、居間のほうから炎が上がったと申していました」

「居間だと？」

「はい。夜ゆえ、方向は定かではないと言っていましたが」

文七は間を置いてから、

「若党や中間は渡り者です。女中の話では、若党は和之助といって一年ほど前に奉公に上がった男だそうです。中間は喜作《きさく》といいます」

「若党の和之助も喜作も口を濁《にご》していますが、あの夜、屋敷で何かあったのは間違いないようです。私の印象では、火の元は西田さまの屋敷だったように思えます」

「だが、隣の『増田屋』の物置小屋に痕跡があったということだが」

「何者かが火の元をごまかすために油を入れた竹筒を『増田屋』のほうに投げ入れたのではないでしょうか」

「あり得るな」

剣一郎は文七の意見に頷いた。そして、ある仮説を立てた。

あの夜、三人組は西田主水の屋敷に忍び込んだ。そして、奥方の部屋に侵入し、人質として、西田主水に何かを要求した。

土蔵の鍵か。ただ、小普請入りした西田主水は収入がぐっと減ったはずだ。それとも、勘定組頭時代からの蓄財があったのか。相当な付け届けのある役職だ。

しかし、三人の男はどうしてそのことを知っていたのか。

そのわけはともかく、三人組は西田主水、そして用人の丹沢甚兵衛を威《おど》した。そして、丹沢甚兵衛と取っ組み合いとなり、刺した。

この混乱の最中に行灯を倒し、火が襖に燃え移ったか。いや、油を入れた竹筒を三人は持っていたのだ。三人は、言うことをきかなければ火をつけると威したのかもしれない。そして、その通りになった。

火事になって三人は逃げた。目的を果たしたのかどうかは不明だ。ただ、西田主水のほうは賊に押し込まれたことを隠さなければならない何らかの理由があったのだ。そのためにも火元を隠す必要があり、竹筒を『増田屋』のほうに投げ込んだ……。

強引ながら、そういう筋書きを描いてみた。

この仮説に立つなら、三人が何を求めて西田主水の屋敷に押し入ったのかが焦点になる。それを知るには三人が何者であるかを知ることだ。

百本杭に流れ着いた死体の人相書きを持って小者たちが盛り場や賭場などを聞き込みにまわっている。

やがて、素性がわかるはずだ。そこから三人の目的が見えてくるかもしれない。

「青柳さま。他の奉公人からももっと聞き込んで参りましょうか」

「いや。もう、十分だ。それより、伝助を探してもらいたい」

押上村から柳島村の辺りに賊の隠れ家があるかもしれないと、剣一郎は自分の考えを話した。

「もし、あの辺りに隠れ家があれば、不審な男たちを誰かが目撃しているはずだ。その界隈を歩き回って聞き込みをしてもらいたい」

「わかりました。では、あっしはこれで」

「待て」

踵《きびす》を返した文七を、剣一郎は呼び止めた。

「はっ」

文七が振り向いた。

「軍資金はあるか」

「はい。だいじょうぶでございます」

「そうか。もし、なにか不自由なことがあれば、遠慮なく多恵に言うのだ。よいな」

「はい、ありがとうございます」

深々と腰を折って、文七は引き上げて行った。

文七が消えた暗い庭を眺《なが》めていると、剣之助がやって来た。

「文七さんはよくやってくれますね」

剣之助が感心したように言う。

「うむ。なんだ」

「伝助はまだ見つかりませんか」

「まだだ。だが、必ず見つけ出す」

剣一郎は強い覚悟を見せた。

「きょう、奉行所で橋尾さまとお話しいたしました。伝助の件で、父上とお話がしたいそうです」

「そうか。いつでもよい。屋敷に来るように伝えよ」

「はい」

剣之助は引き上げた。剣之助も伝助のことでは苦しんでいるようだと思った。左門もそうかもしれない。

もし、伝助の身に万が一のことがあったら……。玉吉にも悪影響を及ぼすかもしれない。玉吉は拷問の末とはいえ、嘘の証言をしたことで激しい自責の念にかられているのだ。最悪のことを考え、剣一郎は胸が締めつけられそうになった。

伝助は生きている。必ず生きている。改めて、自分自身に言い聞かせた。

第三章　暗黒の地

一

朝から雨模様の空だ。黒い雲が上空を覆《おお》っていて、どんよりとしている。

奉行所に出仕して、剣一郎は年番方の部屋に行った。すでに宇野清左衛門は小机《こづくえ》に向かっていた。

奉行所内の金銭面の管理など、清左衛門にはやることが多い。

「宇野さま。よろしいでしょうか」

剣一郎は声をかけた。

「うむ」

書類を片づけ、清左衛門は立ち上がった。

「向こうへ」

そのまま清左衛門は隣の小部屋に剣一郎を誘った。

そこで、差し向かいになってから、剣一郎は口を開いた。

「これまでの調べにより、火の元は西田主水どのの屋敷ではないかという疑いが浮上して参りました」

「なに、それはまたどういうことだ?」

「あの火事にて、西田主水どのの用人丹沢甚兵衛が焼死したと伝えられておりましたが、火盗改めが死骸を検めて刺殺されたものとわかりました」

その上で、剣一郎は仮説を話した。

清左衛門は難しい顔で聞いていたが、

「いったい、その三人の狙いはなんだったのか」

と、疑問を呈した。

「西田どのは三年前に勘定組頭の役を解かれ、小普請入りをしています。そのために、お役についていた当時に比べ実入りは少ないはず。盗人であれば、決して狙いはしないと思われます。なれど、三人は船を用意しておりました。私の勘ですが、やはり千両箱を盗む目的があったのではないかと」

「西田どのの屋敷に千両箱があったと申すのか」

「状況的にはそう考えられます」

「西田どのは小普請支配にしきりにお役につきたいと願い出ているそうな。そのたびに幾ばくかの付け届けをしているという噂《うわさ》もある。だが、西田どのに、それほどの余裕があるとは思えぬ。千両箱があるというのはなおさら信じられぬが」

「はい。そこで、どうしても三年前の勘定奉行勝手方役人の不正事件が気になります。その事件で西田どのは監督責任をとらされましたが、事件には裏がなかったのでありましょうか」

「その事件と今回の件がつながっていると申されるのか」

「まだ、わかりません。ただ、気になります。そこで、お願いでございます。不正事件を暴いた勘定吟味役からお話を伺いたいのです。どうか、その手配りをしてはいただけないでしょうか」

「勘定吟味役か」

清左衛門は厳しい顔で頷き、

「青柳どのが申されるのであれば、お願いしてみよう」

「ありがとうございます」

あの不正事件がどういうものだったかが気になるが、それと同時に田丸寿太郎がなぜ不正に手を染めたのかも知りたかった。

そして、不正を働いた息子の死を、母親の光江はなぜ誇りに思っているのか。そのことと、今回の事件が関わりあるとは思えないが、剣一郎は知りたいと思った。

「それにしても、火盗改めは西田どのにも事情をきいたそうだの。墓を暴いたり、悪い言い方をすればやりたい放題だ」

清左衛門は憤然《ふんぜん》とし、

「我らとは目的が違うとはいえ、行きすぎだ。確かに、凶悪な悪党を相手にするには強引な手法も必要かもしれんが、一歩間違えれば無実の人間を犠牲にしかねん」

「仰るとおりです」

剣一郎は答えながら、今回の強引な探索は横瀬藤之進の剣一郎に向ける激しい闘争心のせいだと苦々しく思った。藤之進は付け火の犯人と闘っているのではなく、剣一郎と闘っているのだ。

しかし、そのことは清左衛門に口にしなかった。

その日の午後、剣一郎は浅草阿部川町にやって来た。西の空が明るくなっていて、雨の心配はなくなっていた。

玉吉の住む伊右衛門店の長屋木戸から路地を覗くと、数人のひとだかりがあった。

大家の姿もある。剣一郎は路地を入っていった。皆がたむろしていたのは玉吉の住いの前だった。

「どうした?」

深編笠を外して、剣一郎は声をかけた。

「あっ、青柳さま」

振り返って、大家が叫ぶ。

「よいところへ。火盗改めが……」

「なに、火盗改めだと」

剣一郎は長屋の住人をかき分けて土間に入ろうとした。そこに、侍が座っていた。

部屋では玉吉が怯えた目を向けていた。

「伝助は無実だ。そなたの証言はこっちが捏造《ねつぞう》したもので、そなたに罪はない。どうか、このとおりだ。許してくれ」

侍は土下座して訴えていた。

「下田どの」

火盗改めの下田道次郎だった。

「青柳さま」

振り向いた道次郎は泣いていた。

「何をしているのだ?」

「玉吉に詫《わ》びを言いに来ました。私が詫びて、玉吉が正気に戻るならいくらでも頭を下げます」

「そうか」

剣一郎はそう答えたが、

「しかし、玉吉は怯えている。一朝一夕《いっちょういっせき》で元通りになるのは難しいかもしれぬ。きょうのところは引き上げよ」

「でも」

「焦《あせ》ってはならぬ。それに、玉吉を救えるのは伝助だ。まず、伝助を探すのだ」

「伝助を」

「そうだ。きのうも話したように、押上村から柳島村、あるいはその周辺に、隠れ家があるような気がしてならない。私の手の者で文七という者が探索をしている。その者と手を組んで伝助を探すのだ」

「わかりました。でも、毎日でも玉吉に会いに来ます。許してくれるまで」

道次郎は立ち上がって言った。

「では、失礼いたします」

そう言い、玉吉にも会釈をして、道次郎は土間を出て行った。

改めて、剣一郎は玉吉を見た。まだ、怯えているようだが、さっきよりは落ち着いている様子だ。

剣一郎のことはわかるのだ。

「玉吉。伝助の疑いは晴れた。心配することはない。いま、伝助がどこにいるかわからないが、必ずさっきの下田道次郎が探し出す。安心して待つのだ」

剣一郎の言葉に、玉吉は微《かす》かに反応した。

「では、また来る」

剣一郎は土間を出た。

「青柳さま。玉吉のためにいつもありがとうございます」

大家が深く感じ入ったように礼を言った。

「玉吉は必ず元通りになる。温かく見守ってやるのだ」

他の住人にも声をかけてから、剣一郎は木戸に向かった。

大家をはじめ、長屋の連中が剣一郎の背中に頭を下げているのがわかった。

剣一郎は浅草阿部川町から岩本町にやって来た。

もう至るところで、家が建っている。江戸中の大工、左官などの職人がこの一帯に集まって来たかのように復興の進みは速い。

ふと、小伝馬町のほうからやって来る京之進に気づいた。京之進はまっしぐらに剣一郎の前にやって来た。

「青柳さま。百本杭の死体の身許《みもと》がわかりました」

挨拶抜きで、いきなり京之進が切り出した。

「深川の賭場で、用心棒のようなことをしていた卓蔵《たくぞう》というやくざ者でした。喧嘩っ早くて、かなり凶暴な男だそうです」

「間違いないのか」

「はい。ありません。一膳飯屋《いちぜんめし》にいる卓蔵の女に確認させました。それと、あの界隈を縄張りにしている岡っ引きの話では卓蔵の兄貴分に仙八《せんぱち》という男がいるということです。この男も卓蔵以上に残忍な男だそうです」

「すると三人連れは仙八と卓蔵。それにもうひとりだな」

「そうです。仙八にはもうひとり、音次《おとじ》という仲間がいます。音次は銚子《ちょうし》の出だそうです。家は漁師だったようですから、船は漕げるはずです。ひとに怪我させて、江戸に逃げて来たそうです」

「仙八と音次の行方《ゆくえ》は？」

「それが、その事件以来、姿を見た者はいないそうです。でも、いつ帰って来るかわからないので、住いを張り込ませています」

「姿を見ていないとは気になるな」

剣一郎に微かな不安が兆《きざ》した。

「ただ、仙八と西田主水の関係がわかりません。仙八は凶暴な男ですが、盗人ではありません。ですから、金目的で西田主水の屋敷に押し入るとは解《げ》せないのです」

「用人の丹沢甚兵衛と個人的に何かあったのかもしれぬ」

「はい。他の奉公人との関係を含め、調べてみます」

京之進は去って行った。

三人組の名がわかった。仙八、音次、それに殺された卓蔵だ。この三人は何らかの目的があって西田主水の屋敷に押し入った。

だが、目的を果たせなかった。

卓蔵殺しは仲間割れということは考えられない。

西田主水の報復であろう。用人の丹沢甚兵衛を殺したことへの復讐だ。だとしたら、どうして西田主水は卓蔵のことを知ったのか。

三人は西田主水の屋敷に押し込んだが、目的を果たせなかったのは間違いない。目的とはやはり金ではないか。

剣一郎は西田主水の屋敷の前に来ていた。先に塀が造られ、中の様子はわからない。それでも母屋の普請はだいぶ進んでいるのがわかる。

以前、ここで様子を窺ったとき、若党らしき侍や中間がいた。そのことを思いだしていると、ふと剣一郎は閃いた。

目的を果たせなかった卓蔵はその後、この屋敷の様子を探りに来たのではないか。つまり、卓蔵はひとりで西田主水の屋敷の近くまで来たのだ。

だが、若党か中間に気づかれた。そして、引き上げるときにあとをつけられたのだ。あとをつけられたことに気づいた卓蔵は、本所側の大川端でその者に襲いかかった。だが、逆に斬られて川に放りこまれた。

そうだとすると、仙八と音次もこの屋敷の様子を探りに来ているはずだ。若党や中間が土蔵の脇に仮小屋を作って暮らしていたのは土蔵の中にある何かを守るためだったのかもしれない。何かとは千両箱だ。

通りすがりを装って塀の中を覗く。土蔵の前には相変わらず仮小屋が建っていた。

その小屋から浪人者が出て来た。それもふたりだ。

いつから浪人を雇っていたのか。なぜ、浪人を雇う必要があるのか。土蔵の中を守るためか。

若党らしい侍が出て来た。ふてぶてしい顔つきの男だ。口入れ屋からの世話だろうが、旗本の若党らしからぬ雰囲気だ。やはり、この屋敷には何かある。

夕方、奉行所に戻った剣一郎は京之進の帰りを待って与力詰所に呼び寄せた。

「青柳さま。お呼びにございましょうか」

京之進が敷居の向こうから声をかけた。

「ここへ」

剣一郎は招く。

「はっ」

京之進が近づいて来た。

「西田主水どのの土蔵の脇に仮小屋が出来ているな。きょうみたら、浪人者の姿もあった。気づいていたか」

「はい。何日か前から雇っているようです。不心得者が盗みを働かないように見張るためだということですが」

「仙八や音次の襲撃に備えているのではないか」

剣一郎は疑問を呈した。

「ふたりの襲撃ですか」

「そうだ。仙八たちは目的を達成していなかったのだ。だから、改めて襲ってくるとみているのではないか。卓蔵も様子を見に行き、逆に気づかれて襲われたのだ」

剣一郎は自分の考えを述べた。

「あの屋敷には何かある。襲うほうも西田主水どののほうにも世間に言えぬ何かがあるのだ」

「なんでしょうか」

「最初は金かと思った。だが、金なら他の場所に移せばすむこと」

「…………」

「西田主水どのに仙八や音次が捕まって喋られたら困ることがあるのだとしたら、誘き出して殺そうとするのではないか」

剣一郎は自分の考えを述べたが、絶対の自信があってのことではない。しかし、京之進は勇躍して言った。

「いま、ほかに打つ手がありません。可能性のあることでしたら、手配をいたしましょう」

「やってくれるか」

「はい。今夜から交替で誰かに見張らせます。幸い『増田屋』にも仮小屋が出来ています。そこを借り受けます」

「無駄骨に終わるかもしれぬが」

「いえ、私には何か突破口が開けそうな気がしています。では、さっそく、手配をいたします」

「それから、若党と中間らの前身を調べるのだ」

「畏まりました」

京之進は引き上げて行った。

その夜、八丁堀の屋敷に橋尾左門がやって来た。

左門は竹馬の友であり、親しい間柄なのだが、奉行所では剣一郎に対しても厳《いか》めしい顔を崩そうとしない。友としてではなく、あくまでも朋輩として接してくる。

ところが、屋敷にやって来たときの左門はまったくの別人だ。るいにもよく冗談を言い、笑わせる。

だが、今夜は深刻な顔をしていた。さすがに伝助のことは堪えているようだ。剣之助も緊張した表情で左門の横に並んだ。

「どうした、左門。いやに、硬いな」

剣一郎は左門の緊張を解くように言う。

「無理言うな。まさか、こんなことになるとは思わなかったのだ」

いきなり、伝助に温情裁きをしたことを持ちだした。

「なぜ、こんなことになったのか。今後のことも見据えてよく考えたほうがいい」

剣一郎は諭すように言った。

「わしなりに考えてみた」

左門は厳しい顔で切り出した。

「まず、あの伝助のぼうっとした顔だ。動作ものろく、ただ実直だけが取り柄のあの顔に判断が狂った。そして、なんの弁解もしない態度に、わしは勝手な思い込みをした。この男は自分が何をしたのかわかっていないのではないかとな」

「つまり、その時点では、伝助が五十両を盗んだ犯人だと思い込んでいたのだな」

「そうだ。いろいろな証人の言い分を何ら反論しなかった。決して悪意でやったのでもなく、出来心でもない。ただ、たまたま主人の居間に紛れ込んだら目の前に金があった。なんの意識もなしに懐に入れて自分の部屋に持って来てしまった。そう解釈した」

「私もそうです」

剣之助が口を入れた。

「私も伝助は鈍重な人間ですが、決して悪い人間ではないと思いました。橋尾さまが仰ったように、罪の意識もないまま、金をとって来てしまった。ようするに、まだ子どものような人間なのではないかと」

「確かに、ふたりの感想もわからなくはない。もし、私が吟味席にいたとしても、同じような印象を持ったであろう。ただ」

剣一郎は言葉を切った。

「ただ、問題は最初から伝助の犯行だと決めつけてしまったことだ。これは伝助の人間性とは関係ない。なぜ、伝助だと決めつけたのだ？」

「だから反論がなかったからだ」

「反論がなければ認めたと同じことか」

「いや。いくら問いかけても返事がない。正常な判断が出来ないのではないかと思ったのだ。身代わりに他人の罪をかぶろうとする者ならもっと積極的に罪を認めるだろう。だから、伝助は恐れ入りましたも言えない人間なのだと考えた」

「伝助が犯人だという証言をしたのは誰だ?」

「まず、主人の幸兵衛だ。幸兵衛は金箱に五十両入れていたとはっきり言った。そして、その金が伝助の部屋から出て来たと言った。次に、伜の孝助だ。孝助は酒宴の最中に、居間にものをとりに行ったら伝助が部屋から出て来るのを見たと言った」

「ふたりの証言か」

「伝助の部屋から五十両が見つかったのは番頭も見ていた。これらの事実に対して、伝助は何も答えなかった」

「答えなかったというのは、はじめから口をつぐんでいたのか。それとも、口を開きかけたが、言葉にならなかったというのか」

「何か言おうとしていたようだが、結局何も言わなかった」

「そのときの伝助の表情は?」

「苦しそうだった」

「苦しい?」

「そうだ。苦しがっていた。だが、最初だけだ。あとはまた鈍重な表情に戻った。苦しがったのは言い訳が思いつかなかったのだろうと……」

「だが、違ったのだ。ほんとうのことを言おうとして言えなかった。その苦しみだったのだ」

左門が息を呑んだのがわかった。

「伝助はばかがつくほどのお人好しなのだ。伝助は誰かをかばっていたのだ。かばうというより、ひとを陥れることが出来ないのだ。たとえ、それがほんとうのことだったとしても、伝助は言えなかった。ことに、ご恩を受けている相手であればなおさら」

「そなたは、五十両を盗んだのは誰だか見当がついているのか」

左門が驚いたようにきいた。

「伝助が無実だということ。盗まれたのは勘違いだったと幸兵衛が言ったことなどから推し量れば、伜の孝助を疑わざるを得ない」

「孝助が？」

「孝助は酒宴の途中で居間に行っている。そのとき、伝助を見たと証言している。しかし、その証言は嘘だ。伝助は居間に行っていないはずだ」

「…………」

左門は何か言おうとしたが声にならなかった。

「なぜ、幸兵衛は伝助を罪人にしたくないと言い出したのか。それは、途中で孝助の仕業だと気づいたからではないか。そして、伝助が孝助をかばっていることがわかった。だから、幸兵衛は伝助を罪に陥れてはならないと思ったのだ。そなたたちは、伝助に同情的だった。そのようなときに、幸兵衛の訴えは渡りに舟だった」

「そのとおりだ」

「それで、勘違いということにしろと忠告した。だが、勘違いだとしても、そのことで何の罪もない伝助が二十日以上も牢獄に入れられたことに対する責任をとらせなければならぬ。そなたたちは、それをしなかった」

「伝助を助けることばかりに目が向いてしまった」

「だが、伝助にしてみれば真実が明らかになったわけではない。牢獄に入れた責任は誰もとらない。伝助にとっては、面《おもて》にこそ出さないものの口惜しかったに違いない。勘違いで伝助を二十日以上も牢獄に追いやったことが罪に問われるとしたら、幸兵衛はそう主張しただろうか。自分に罪はかぶらないと思ったからこそ、幸兵衛は勘違いを主張した。そうは思わないか」

剣一郎は左門と剣之助の顔を交互に見て続けた。

「よいか。幸兵衛は伝助を助ける振りをして、倅孝助をかばったのだ。伝助もそのことに気づいた。伝助にとっては温情裁きではなく、幸兵衛の身勝手な訴えに発した理不尽な裁きだったのだ」

「うむ」

左門は顔を紅潮させて唸《うな》った。

「わしは吟味与力として失格だ」

「いや、そうではない」

剣一郎は左門の嘆きを打ち消すように、

「今回のことはすべて伝助という男の特異さからはじまっているのだ。はじめて白州で顔を合わす男についてそこまでを理解しろというのは酷というものだ。取調べをした京之進にしてもそこまで要求出来ない」

「でも、父上は伝助の特異さをすぐ理解しました」

剣之助が口をはさんだ。

「いや。私はたまたま、吟味のために奉行所に連れてこられた伝助と顔を合わせたときの訴えかけるような目の輝きが印象に残っていたからだ。そして、出牢になった伝助は手前まで行きながら『増田屋』に顔を出さなかった。そのわけが気になったのだ。きっと心の奥に、『増田屋』を敬遠する何かがあるのではないか。それから、牢内で知り合いになった玉吉という男から聞いた伝助の印象だ。そういうことがあって、裁きを振り返ったから気がついたのであって、それがなければ私とてそなたたちと同じ思いだったはずだ」

そう言ってから、剣一郎は表情を引き締め、

「ただ、今回のことでそなたたちに手抜かりがあるとすれば、温情裁きという情緒に迷い、幸兵衛に罪を与えようとしなかったことだ。もっとも、幸兵衛は伜と伝助のふたりを守るために、どんな罪をもかぶる覚悟はあったのかもしれないが」

「どうしたらいいのだ?」

左門は膝を乗り出した。

「いったん、お裁きが下ったことだ。奉行所としては何も出来ない。ただ、伝助には真実を告げてやることだ。そして、幸兵衛、孝助親子には伝助に謝らせる。それしかやることはない。そのことは京之進にやらせる。ただ……」

剣一郎は声を呑んだ。

「ただ、なんだ?」

「いまだ、伝助の行方がわからぬ」

「まさか?」

左門は最悪の事態を考えたようだ。

「いや。伝助は生きている。そう信じている」

「生きていて欲しい」

左門が心の奥から絞り出すようにして言った。

「父上。私に出来ることはありますか。出来れば、私も伝助を探すお手伝いがしとうございます」

「いま、文七に押上村、柳島村一帯を探索してもらっている。そのうち、何か頼むこともあろう」

剣一郎は言ったが、剣之助は伝助の探索に乗り出すはずだ。引き止めずにおこう。

剣一郎はそう思った。

「左門。仕事の話は終わった。一杯やるか」

剣一郎は誘った。

「いや。そんな気分にはなれぬ」

「父上。橋尾さま。私はこれにて失礼させていただきます」

「おう、早く志乃どののところに行ってやるがよい」

左門は笑みを湛《たた》えて言ったが、それは長く続かなかった。

剣之助が部屋を出て行ったあと、剣一郎は言った。

「左門。わかっている」

「うむ。なにがだ？」

「そのほうほどの男がなぜむざむざと温情裁きに引きずられてしまったのか。理由はひとつだ。剣之助だな」

「おいおい、何を言うか」

左門はあわてた。

「隠すな。もし、剣之助が見習い吟味与力として詮議に加わっていなければ、きっとそなたは真相を暴いていたであろう。そなたは、無意識のうちに剣之助を慮る気持ちが働いたのではないか」

「………」

「剣之助はまだ青い。伝助のような鈍重な人間に同情し、なんとか助けてやりたいと思ったに違いない。剣之助になんとか出来ないかと頼まれたか」

「いや、頼まれたわけではない」

左門は困惑ぎみに、

「剣之助は弱い者にやさしい裁きをしたいと抱負をもらしていた。伝助はまさに剣之助のいう弱者だった。剣之助の考えは、わしが吟味与力になった頃に描いていたものと同じだった。いつしか、わしは真実に基づき厳格に吟味をするようになっていた。おかみのご慈悲というものを忘れていた。いや、情状を汲んで裁きをしてきたつもりだ。だが、剣之助の、ときには事実を曲げても許される真実があるのではないかという熱い訴えに、わしは若き日の自分を見ているような気がした」

左門は苦笑して、

「決して、剣之助を慮ってのことではない。わしも同じ思いで伝助を助けたいと思ったのだ」

「左門。時間はまだある。やはり、呑もう」

剣一郎が言うと、左門はにやりと笑った。

「よし。呑もう」

剣一郎は手を叩いて多恵を呼んだ。

現れたのはるいだった。

「おお、るいどの」

左門はるいを眩《まぶ》しそうに見た。

「おじさま、いらっしゃいませ」

「うむ。ますますお美しくなられる。わしが若かったらな」

もう左門は本来の自分に戻っていた。

「るい。酒の支度を」

剣一郎はるいに声をかけた。

そう言ったとき、多恵が酒を運んで来た。

「やっ、手回しのいい」

左門が目を見張った。

「剣之助が、きっとお酒になると言うので、支度をしてお待ちしていました」

「剣之助が……」

今夜は呑む気になれないという左門の言葉を、剣之助は聞いていた。それなのに、呑むことになると予測した。自分が去ったあと、剣一郎と左門がどんな話をするのか予想がついたのだろうか。

そうとしか思えない。自分の想像以上に剣之助は成長しているのだと思った。

二

二日後の朝、大江伝蔵は横瀬藤之進の部屋に呼ばれた。

筆頭与力の富田治兵衛が口を開いた。

「百本杭に流れ着いた死体の身許がわかった。卓蔵というやくざ者だ。兄貴分の仙八という男と、深川の賭場で用心棒のようなことをしていたらしい。仙八にはもうひとり音次という弟分がいる。例の三人連れの男はこの連中に間違いないようだ」

「そうですか。では、仙八と音次を捕まえて締め上げればわかりますね」

「ところが、ふたりの行方はいまだにわからぬ」

治兵衛は渋い顔で答えた。

「だが、卓蔵が西田主水の手の者に殺されたのだとしたら、仙八と音次は黙っていまい。必ずや仕返しを企むはずだ。西田の屋敷を見張っていたら、ふたりは必ず現れる。南町もそう考えて、屋敷に見張りを立てたようだ」

「では、我らも見張りを」

「うむ」

治兵衛は難しい顔をした。

「富田さま。何か」

「常次たちに確かめたが、誰も仙八という男を知らぬ。つまり、盗人ではない」

常次をはじめ、火盗改めが使っている密偵は元盗賊の仲間だった連中だ。盗っ人なら何らかの手掛かりが漏《も》れてくるものだが、それがない。盗っ人ではないからだ。

「盗っ人ではない連中が西田主水の屋敷にどんな目的で押し入ったのでありましょうか」

伝蔵は疑問を呈した。

「青痣与力は三人組の狙いは千両箱だと話していたそうだな」

横瀬藤之進が口を開いた。

「はい。同心の下田にそう漏らしたそうにございます」

「青痣め。わざと我らをはめようとして出鱈目《でたらめ》を言ったのか」

藤之進は顔を歪めた。

「いえ。下田道次郎の話では、そのようなふうには思えなかったそうです」

伝蔵も、道次郎からその話を聞いたとき、青痣与力が出鱈目を教えたのではないかと確かめた。道次郎は嘘ではないと思うと答えた。

「出鱈目でなければ、青痣与力の見立て違いか」

藤之進は鼻先で笑って、

「そもそも、青痣与力の根拠は三人組が船を使ったことだ。重たいものを運ぶつもりだった。それが千両箱だと簡単に決めつけてしまった。だが、小普請入りの西田主水の屋敷に千両箱があるとは思えない。お役を解かれてから三年経っているのだ」

「金ではないとするとなんでしょうか」

治兵衛が小首を傾げた。

「ひょっとして、西田主水の殺害が目的ではなかったのか」

藤之進の目が鈍く光った。

「だが、用人の丹沢甚兵衛が助けに入った」

なるほどと、伝蔵は思った。そうだとすると、三人を雇った人間がいるということになる。

「奴らが西田主水に恨みを持つとは考えづらい。奴らは刺客だ。仙八たちの背後に黒幕がいる」

藤之進ははっきり言った。

「西田主水に恨みを持つ者というとどんな人間でありましょうか。あのやり口からして、かなりな恨みと思えますが」

治兵衛が眉根を寄せた。

「ひとりいる」

藤之進はにやりと笑った。

「誰でございますか」

覚えず、伝蔵は身を乗り出した。

「西田主水が勘定組頭を解かれた事件でしょうか」

「三年前の不正事件だ」

治兵衛が確かめる。

「そうだ。西田主水は確かに勘定組頭を解かれ、小普請入りになった。だが、いまは復職を目指して嘆願中だ。しかし、もうそれが叶わぬ人間がいる」

藤之進は治兵衛と伝蔵に鋭い一瞥《いちべつ》をくれて、

「当時、西田主水の配下だった支配勘定の田丸寿太郎だ。この者は不正を認め、切腹して果てた。もちろん、田丸家は廃絶」

伝蔵は覚えず生唾《なまつば》を呑み込んだ。

「この事件に裏があったとしたらどうだ。田丸寿太郎ひとりが罪を押しつけられたとしたら」

「田丸寿太郎の身内が西田主水に復讐を?」

「その可能性がある。わしは、この事件を調べてみる。そなたたちは、田丸寿太郎の身内を調べるのだ。それから、西田主水が避難している奥方の実家を誰かに張り込ませろ」

「はっ」

治兵衛は頭を下げてから、伝蔵に顔を向け、

「わしが田丸寿太郎の身内のことを調べる。そなたは、西田主水のいる奥方の実家を見張るのだ」

「はっ。畏まりました」

大きく頷き、伝蔵はすっくと立ち上がった。

伝蔵は下田道次郎を呼び付け、駿河台の役宅を出た。

「道次郎、どうした?」

何か言いたそうだったので、声をかけた。

「私は押上村のほうを歩き回ってみたいのですが」

「そっちは、もういい」

「でも、仙八たちの隠れ家があの辺りにあるかもしれないのです」

道次郎は不服そうに言った。

「よいか。あの三人は西田主水を狙った可能性が出て来たのだ。西田主水の奥方の実家に見張りを立てる。そのほうは、今からそっちに行け。常次にも、そっちに向かうように伝える」

「ですが」

「ですが、なんだ?」

「伝助を探さないと、玉吉が……」

「玉吉?」

「いま、様子がおかしいんです。単に拷問による怯えだけではないようなんです。青痣与力の話では、伝助を貶める証言をしたことで自責の念にかられているというのです」

「道次郎。おぬし、青痣与力の言い分をきくのか」

「いいえ、そういうわけではありませんが、青痣与力の言うことにも一理あるかと」

「伝助や玉吉のことは関係ない。何をぐずぐずしている。俺の命令より青痣与力に言われたことを優先するというのか」

伝蔵は叱りつけた。

「違います。行きます」

あわてて言い、道次郎は不承不承本郷《ふしようぶしよう》を目指して水道橋《すいどうばし》に向かった。

あの野郎、青痣与力に影響されたか。

いまいましい思いで、伝蔵は岩本町にやって来た。

屋敷を見張っている常次に近づき、

「変わったことはないか」

と、声をかけた。

「ありません」

「そうか」

「大江さま。あの普請中の『増田屋』の二階に町方の者がいます」

「やはり、屋敷を見張っているのか」

「そうです」

「常次。じつは方針が変わった。道次郎は小川町の西田主水の奥方の実家に行った」

伝蔵は三人組が刺客《しかく》だった可能性を指摘し、仙八と音次が現れるとしたら、小川町の屋敷のほうが可能性が高いと言った。

「そうですか」

常次は素直に頷いた。

「では、これから、下田さんを追いかけます」

そう言ったとき、西田主水の屋敷の敷地から大八車《だいはちぐるま》が出て行くのを見た。荷の上に菰《こも》をかぶせ、荒縄《あらなわ》で結《ゆ》わえてある。荷車をひとりが引っ張り、うしろから押す男、そして、横に若党ふうの侍がいた。

「瓦礫を捨てに行くんじゃないですかえ」

「瓦礫か。どこに行くのだ？」

「両国橋の横の大川端ですよ。そこから船で深川の埋立地に行くんじゃないですか」

「しかし、瓦礫なのに、若党みたいな侍がついて行くのか」

菰の下の荷は瓦礫のようではない。瓦礫ではないとすると……。

「そうですね。瓦礫ではないかもしれません」

常次も小首を傾げた。伝蔵は大八車を見送っていたが、なんとなく気になった。大八車が町角に消えると、余計に気になった。

「常次、あとをつけてみよう」

「えっ。あのあとをですか」

「なにかしらぬが気になるんだ」

伝蔵は歩きだした。

「でも、南町の連中は気にしていませんぜ。しょっちゅう通るから、見馴れているんですよ」

常次は追いかけてきて言う。

「黙ってつけろ」

伝蔵は叱りつけるように言う。

大八車は柳原通りに出て両国広小路に向かった。やはり、瓦礫の集積場所に向かうのか。

大八車は広小路を突っ切り、両国橋に向かった。

「橋を渡るつもりだ」

大八車はひとの往来の激しい橋を渡った。そして、竪川《たてかわ》のほうに曲がった。

竪川沿いを行き、二ノ橋《にのはし》を渡った。

「どこへ行くんでしょうか」

常次がきいた。

「よし。検めてみよう」

伝蔵は足を速め、弥勒寺橋《みろくじばし》の袂で呼び止めた。

「待て」

前にまわって、若党らしき侍の前に立った。

「火盗改めだ。ちょっとききたいことがある」

「火盗改めがどのような御用でしょうか」

「そなたは？」

「はい。西田主水さまの若党で、松戸和之助と申します」

細い目の険しい表情の男だ。

「西田さまの屋敷に盗賊が忍び込んだ疑いがある。そうだとしたら、何を狙ったのか。高価なものがあるかどうか、荷を検めたいのだ」

「盗賊ですか」

微かに、和之助は口許を歪めた。

「そうだ。火事のどさくさにまぎれて押し入ったそうだ。気づかなかったか」

「いえ。そのような話は聞いておりません」

「いちおう疑いがあるゆえ、検めさせてもらう」

「わかりました」

和之助は大八車を道端に移動させ、車力に荒縄を解かせた。

菰を外すと、古い葛籠《つづら》や木箱が積んであった。

「中味は？」

「甲冑《かっちゅう》や武者人形などです。売るために古道具屋に持って行くところです」

伝蔵は蓋を外し、中を調べた。確かに、古い甲冑や武者人形、香炉《こうろ》などがあった。

「まだ、土蔵の中には甲冑もあって、何度か運ばねばなりません」

和之助は落ち着いている。

「そうか。わかった。邪魔をした」

菰で荷を覆い、荒縄で縛り、大八車は出発して行った。

伝蔵は弥勒寺橋を渡って行く大八車を見送りながら、なんとなく釈然としないものを感じていた。

何が気にいらないのか、伝蔵は自分でもよくわからない。

「常次。南町は大八車を無視した。大八車が出て行くのを見馴れているからと言ったな」

「へい。きのうも出て行きました。一昨日も」

「町方は一度もつけなかったのか」

「さあ。わかりません。が、つけて行ったかもしれません」

常次は不思議そうな顔つきで、

「いったい、何が気になるので?」

「わからん。なんとなくだ」

もどかしい思いにいらだって、

「ともかく、引き返そう」

と、踵を返した。

再び、両国橋を渡り、柳原通りに入った。

岩本町に近づいたとき、伝蔵は西田主水の屋敷の見張りを解いてしまっていいのかと、一瞬不安になった。

昌平橋の袂で、小川町にある西田主水の奥方の実家に向かう常次と別れ、伝蔵は駿河台の役宅に急いだ。


夕方に、富田治兵衛が戻って来た。田丸寿太郎の身内を調べて来たのだ。

「寿太郎は母ひとり子ひとりだったそうだ。その母親は菩提寺の『心源寺』の離れに住んでいるようだ」

「母ひとり子ひとりでございますか」

伝蔵の母も女手ひとつで伝蔵を育てたのだ。いま伝蔵は妻帯して子もいる。母は穏やかな余生を送っているが、もし、自分が不慮の死を遂げていたら、母は激しく取り乱したかもしれない。

寿太郎の母が自分の母と重なり、伝蔵の胸が微かに痛んだ。

「母親の光江の周辺を調べるのだ。お頭のお考えのように、田丸寿太郎の不正が西田主水の命令によるものだったら、田丸寿太郎に一切の責任を押しつけ、自分は監督不行届きの罪だけで、難を逃れたことになる。そのことを知った母親は西田主水を許せるだろうか。刺客を雇った可能性は十分にある」

「はい。かしこまりました」

伝蔵は気が重かった。母親の仕業だという証拠を見つけ出すことも怖かった。

「どうした、伝蔵」

「いえ、なんでもありませぬ」

「そうか。そなたも母ひとり子ひとりであったな」

治兵衛は気がついて、顔をしかめた。

「自分と重なるか」

「いえ、だいじょうぶでございます」

「そうか。もし、寿太郎が生きていたら、そなたのように妻帯し、子を儲《もう》け、母親も満ち足りた暮らしが送れたろうな」

「富田さま」

話題を変えようと、伝蔵は口をはさんだ。

「西田主水の屋敷の見張りを解いてだいじょうぶでしょうか」

「何か気になるのか」

「いえ、確たる証はないのですが」

「敵の狙いが西田主水どのであれば、主のいない屋敷は問題外だ」

「念のために千両箱の件も考慮に入れておいたほうがよろしいのではないかと思ったのですが」

「いや、いい。それに南町が張っているのだ。そのことで奴らと張り合っても仕方ない。それより、西田主水のほうの見張りにもっと同心を投入させる」

「わかりました」

伝蔵は気持ちを切り換えて応じた。

その夜、伝蔵は四谷左門町《よつやさもんちょう》にある御先手組の組屋敷に帰って来た。

三百坪の敷地に五十坪ほどの住家が建っている。伝蔵が帰ると、妻より先に母が出て来た。

「お帰りなさい」

母はまだ何か言いたそうだったが、妻がやって来たので、つんとして部屋を出て行った。

「また、ご機嫌斜めなのか」

伝蔵は妻にきいた。

「はい。いちいち当たってきます」

妻は閉口したように苦笑した。

女手ひとつで息子を育てたせいか、いまだに母は自分を独り占めしたがる。伝蔵の家でも、嫁姑《しゅうと》の諍《いさか》いはある。

母からすると、伝蔵が妻帯する前のほうが仕合せだったようだ。

「もし、寿太郎が生きていたら、そなたのように妻帯し、子を儲け、母親も満ち足りた暮らしが送れたろうな」と富田治兵衛は言ったが、それはどうだろうかと苦笑するしかなかった。

青痣与力こと青柳剣一郎の家庭はどうなのだろうと、伝蔵は気にした。同じ与力であるが、八丁堀与力は諸組の与力の中でもっとも格が低い。にも拘わらず、江戸での青痣与力の名声は高い。

同心の下田道次郎も青痣与力に感化されているようだ。伝蔵は嫉妬心《しっとしん》のような感情に襲われ、胸をかきむしった。

三

翌日、宇野清左衛門の計らいで、剣一郎は勘定吟味役の多度津由次郎《たどつよしじろう》に面会することになった。

当初は料理屋に席を用意しようとしたが、多度津由次郎は無用な誤解を恐れ、小川町の屋敷を指定した。清廉潔白《せいれんけっぱく》な人柄という噂通りの人間らしい。

剣一郎はその屋敷に赴き、客間に通された。

茶菓を出されて待っていると、細面の気品のある武士が入って来た。剣一郎と年齢が近いと思われた。

多度津由次郎は五百石の旗本であり、勘定組頭を五年務めたのちに三年前から勘定吟味役に就いている。

「お忙しいところ、お時間を賜《たまわ》り恐縮でございます。南町奉行所与力……」

「お互い、堅い挨拶は抜きとしよう。青痣与力の噂は私の耳にも入っている。一度、会いたいと思っていたのだ」

「恐れ入ります」

「宇野どのに聞いたが、三年前の不正事件を調べておるとのこと」

「はい。ちょっと気になることがありまして」

「気になること？　やはり、田丸寿太郎の母親のことか」

「どうして、それを？」

剣一郎は驚いてきき返した。

「じつは、きのう火盗改めの横瀬藤之進どのが強引にこの屋敷に押しかけて来た」

「横瀬さまが？」

剣一郎は微かに動揺した。

「横瀬どのもあの不正事件に裏があり、実際の黒幕は勘定組頭だった西田主水ではなかったかと訊ねてきた」

「つまり、田丸寿太郎に責任の一切を押しつけて、自分は難を逃れたのではないかと?」

「そう考えているようだった。そのことで、やって来たのだ。まあ、お役目がらとはいえ、こちらの都合など顧みず……。私どもも調べのためにはどのような場所にも自由に出入りする権限があるが、あれほど強引ではない。青柳どののように手順を踏まれてくるのとは大違い」

由次郎は苦笑した。

「して、その不正事件のことですが、明るみに出たきっかけはなんだったのでしょうか」

「密告だ」

「密告?」

「支配勘定の田丸寿太郎が火事で焼失した西丸御殿の建築費の一部を着服しているとの文が投げ込まれた。捨てておけずに、調べに入ったのだ。帳面を調べると、金額が合わない。そこで、田丸寿太郎を問いただした」

「で、素直に認めた?」

「さよう。田丸寿太郎は帳面を突き付けると、すぐ観念した」

「で、いつ切腹を？」

「その夜だ」

「その夜？ずいぶん早いですね」

「屋敷の仏間で死んでいた。仏壇には灯明があがり、線香が燃え尽きようとしていたようだ。不正を働いたことを詫びる遺書があった」

「不正は田丸寿太郎のみの仕業だったのでしょうか」

「遺書にはそう書かれていたし、五百両という金額からして複数の者の仕業とは思えなかった」

「なぜ、田丸寿太郎は不正を働いたのでしょうか」

「遺書には、料理屋の女に入れ揚げて金が必要だったと書かれていた」

「料理屋の女？　寿太郎にはそのような女がいたのですか」

「さよう。遺書によればな」

「それにしても、遺書にそのようなことまで書いたとは……」

剣一郎は不名誉なことまで書いたのに違和感を覚えたが、その人間の性格かもしれず、それ以上の追及は出来なかった。

「料理屋の女が誰かはわかったのでしょうか」

「いや、わからぬ」

そのような女の存在は剣一郎にとって予想外のことだった。

「切腹したとき、母親はどうしていたのでしょうか」

「息子の亡骸《なきがら》の前で毅然としていたそうだ」

「火盗改めの横瀬さまの疑念である勘定組頭西田さまの関与は疑われなかったのでしょうか」

「いや、それはなかった。遺書には、西田どのに対して迷惑をかけたことの詫びが記されていた」

「そうですか」

「ただ……」

由次郎は言いよどんだ。

「なんでございましょうか」

「西田どのは、田丸寿太郎の亡骸の前で、裏切り者めと激しい怒りを見せていたそうだ。そのせいで、お役を解かれたのだから、西田どのの恨みは大きかったかもしれない」

「亡骸に対して裏切り者と浴びせた言葉を、母親は聞いていたのでしょうね」

「聞いていただろう」

死者に鞭《むち》打つ真似をした西田主水に怒りを抱いたとしても、あの母親が復讐することに結びつくとは思えない。

「不正の発覚で、西丸御殿の工事に影響が出たのですか」

「どういう事情かは知らぬが、材木調達の業者の入札をやり直すことになった。その結果、有力だった材木問屋は外されたそうだ」

「材木問屋ですか」

「うむ。いずれにしろ、西丸御殿の建築は見積もりより低い金額で済んだということだ」

剣一郎は何か胸に引っかかるものがあったが、それが何かわからなかった。

「横瀬さまにも、いまのようなことをお話しになられたのでございますね」

「さよう。横瀬どのは母親のことをだいぶ気にされていた。また、田丸寿太郎が入れ揚げていた料理屋の女のことも」

西田主水の指図で、田丸寿太郎が不正を働いたという証拠はない。が、寿太郎は母にだけほんとうのことを打ち明け、遺書には自分が一身に罪をかぶる告白をした。そういうことも考えられなくはない。

だとして、母親は西田主水に恨みを晴らそうとするだろうか。さらに気になるのは、田丸寿太郎が入れ揚げていたという料理屋の女のことだ。

母親と料理屋の女が出会う可能性はある。寿太郎の墓前だ。寿太郎の墓参りをした女は阿弥陀堂にいる母親を訪ねた。何度か会ううちに、西田主水に対する怒りが膨らんでいった。

三人組がやくざ者だということを考えれば、料理屋の女が見つけ出した刺客かもしれない。

おそらく、火盗改めの横瀬藤之進はそう考えたのではないか。

「なぜ、いまになってこのことが問題に？」

由次郎が不思議そうにきいた。

「西田さまのお屋敷が先の火事で燃えたのをご存じでございますか」

「そうらしいの」

「その火事の際、用人が匕首で刺されて殺されたのです。西田どのは否定されていますが、何者かが押し入った形跡があるのです」

「なるほど。それで、田丸寿太郎の母親を……」

由次郎はすべてを察したようだった。

「しかし、あの不正は田丸寿太郎ひとりの仕業だと、私は思っておるが」

由次郎は言い切った。

その後、幾つかを確認し、由次郎の家の用人が呼びに来たのを潮に、剣一郎は暇《いとま》を告げた。


帰り道、心がざわついてならなかった。きょうも上空に黒い雲が張り出している。辺りは薄暗い。

寿太郎の母親の毅然たる態度が息子の復讐を企んでいたからだとはどうしても思えない。どういうわけであのような心境でいられるのか。

その答がわかりそうでいてわからない。そんなもどかしさがあった。

あの母親が西田主水に復讐をしようとしたのではない。では、料理屋の女か。寿太郎が通っていた料理屋のことはかつての朋輩が知っているかもしれない。

もっとも、すでに火盗改めは朋輩に接触しているだろう。

剣一郎は小川町から岩本町までやって来た。

『増田屋』もだいぶ店が出来て来た。向こう側の西田主水の屋敷も骨組みが出来ている。

果たして、三人組の狙いは西田主水であったろうか。しかし、三人は主水の暗殺に失敗したのだ。

いまも、二人は西田主水を狙っているのか。しかし、西田主水の家来は焼跡に仮小屋を建てて住んでいた。その中に浪人者もいた。

それは、まるで何かの警護をしているみたいではないか。敵の狙いが西田主水なら、家来が焼跡にいる必要はない。

やはり、屋敷の中で何かを探すためではないのか。当初、剣一郎は千両箱だと考えた。神田川に船を用意していたことから考えたのだ。

だが、千両箱だとしたら、運ぶことは可能だ。早い段階で、どこかへ持ち去ったと考えられる。

それでも何かを守るように、仮小屋には若党や中間、それに金で雇ったのであろう、浪人者がたむろしていた。

やはり、あの屋敷に何かあるのだ。狙いは西田主水だけではない。それは何か。

剣一郎の姿を見つけて、京之進が使っている岡っ引きの手下が近づいて来た。西田主水の屋敷を交替で見張っていた男だ。

「特に変わったことはないか」

剣一郎は声をかけた。

「はい。ただ、火盗改めの見張りがきのうからありません」

「そうか」

やはり、火盗改めは西田主水のほうに狙いを絞ったと思われる。

「火盗改めの与力が大八車のあとをつけて行きました。一刻（二時間）後に、大八車は戻って来ましたから、火盗改めは不審を認めなかったのだと思います」

「なぜ、火盗改めがつけたのだ？」

「荷が瓦礫ではないと思ったからではないでしょうか。我らも先日、つけましたが、焼け焦げた品物を深川の道具屋に運んでいるところでした」

「大八車の荷か」

剣一郎はふと何かが引っかかった。

「その荷には何も変わったことはなかったのだな」

「はい。ただ、きのうは夕方にもう一度出て行きました」

「夕方に出た？」

「はい。もう、陽が落ちて来たころです」

「そのときはつけなかったのだな」

「はい。行き先はわかっていますから」

「その道具屋はどこにあるのだ？」

「海辺大工町《うみべだいくちょう》です。高橋《たかばし》の南詰にある『尚古堂《しょうこどう》』という大きな古道具屋です」

「『尚古堂』だな。わかった。また、引き続き、見張りを頼む」

「へい」

手下は持ち場に戻って行った。

大八車が出て行ったことを、剣一郎は無視出来なかった。何かを運び出したのではないか。

剣一郎は柳原通りに出て両国橋を目指した。

芝居や軽業《かるわざ》の掛け小屋の前はひとだかりがして、水茶屋やわらび餅《もち》などの食べ物屋の前にもひとが目立った。

両国橋を渡る。行き交うひとの中で、青痣与力と気づいて会釈していく者もたくさんいた。

橋を渡り、竪川に出た。

なぜ、ここに来て頻繁に道具屋に出かけて行くのか。何かある。剣一郎の心の奥で何かが訴えている。それが何かはわからないが、剣一郎の足は無意識のうちに速くなっていた。

二ノ橋を渡り、弥勒寺橋を渡り、やがて、小名木川《おなぎがわ》に差しかかった。

高橋の向こうに『尚古堂』の屋根看板が見える。剣一郎は橋を渡り、『尚古堂』の店先に立った。

奥から番頭らしき男が出て来た。

「これは青柳さま」

左頰の青痣を見れば、正体はすぐわかる。それほど、青痣は世間にあまねく知られていた。

「ちと訊ねるが、一昨日《おととい》、きのうと大八車にて骨董《こっとう》などを持ち運んで来た者がいたそうだが、間違いないか」

「はい。それが何か」

不安そうな顔をしたのは、盗品をつかませられたと思ったようだ。

「いや、品物は問題ない。その者たちはどこの人間だ?」

「はい。旗本西田主水さまのご家来でございます。火事で焼けた土蔵の中の品を処分したいということでした」

まだ、不安そうに答えた。

「そうか。いや、品物に不審はない。で、きのうは二度来たと思うが？」

「いえ、一度でございます」

「一度？　昼間と夜の早い時間に来なかったか」

「いえ、昼間だけでございます」

「確かか」

「はい。きのうは私がずっと店番をしておりましたから間違いありません」

「そうか」

剣一郎は店先から外を見た。高橋を渡って行くひとの流れがよくわかる。

「きのうの暮六つ（午後六時）過ぎ、大八車が橋を渡ったか気がつかなかったか」

「そういえば、確かに大八車を見ました」

「見た？　それはどっちに行った？」

「高橋を渡ってすぐ左に曲がりました」

「左？　大横川《おおよこがわ》のほうか」

「はい。さようで」

邪魔したと、剣一郎は『尚古堂』を出た。

二度目の荷は何だったのか。そして、どこに向かったのか。剣一郎は小名木川に沿って大横川に向かった。

小名木川の両岸に武家屋敷が並んでいる。大八車の目的地がこの辺りにあるとは思えない。

剣一郎はさらに先に進み、小名木川が大横川と交叉《こうさ》するところまでやって来た。右手には石島町《いしじまちょう》と末広町《すえひろちょう》の町家の向こうに一橋《ひとつばし》家の下屋敷があり、さらにその奥は十万坪といわれる埋立地が広がっている。大八車はそっちに向かったのか。

大横川にかかる扇橋《おうぎばし》を渡り、剣一郎はさらに小名木川沿いを先に行った。途中、辻番所《つじばんしょ》があり、そこで番人に大八車のことを訊ねた。

鬢《びん》に白いものが目立つ番人は首を横に振った。

大八車はここを通らなかったのだ。剣一郎は扇橋まで戻り、今度は大横川に沿って南に下った。

石島町と末広町の前を行く。やがて、仙台堀《せんだいぼり》とぶつかった。

剣一郎は十万坪のほうに足を向けた。すると、町駕籠が止まっていて、脇で駕籠かきが煙草《たばこ》を吸っていた。

剣一郎は駕籠の脇を通って、さらに先を行った。荒涼とした原野が広がっている。

その前方の枯れ木の上空を烏《からす》が数羽舞っていた。野犬の遠吠えもする。

ふと、ひと影を見た。男だ。上空に不気味な黒い雲が浮かび、荒漠《こうばく》とした地に立つ男がまるで異形の者のように思えた。

剣一郎は近づいて行った。年寄りのようだ。杖をついている。さっきの駕籠を思いだした。男が振り返り、痩せて皺の浮き出た顔を向けた。五十歳は過ぎているようだ。

年寄りは軽く頭を下げた。

「こんなところで何をしているのですか?」

「はい。通りかかりましたら鳥が舞っているのが見え、ちょっと散策をしてみたくなりました」

「散策?」

「じつは、そこの浄心寺《じょうしんじ》まで知り合いの墓参りに行った帰りでございました。それで、ひとの世の無常を思っていたせいか、ふと荒涼たる風景に身を置いてみたくなりました」

「確かに、鳥が多いようですね」

剣一郎は樹を見上げた。枯れ枝に止まっていた鳥が首を絞められたような声で鳴いた。

「まるで、死体でもあるようないやな鳴き方です。昼でもこんなに暗いのですから、夜ともなると黄泉《よみ》への通り道のように思えるかもしれませんな」

年寄りはしみじみ言う。

「確かにここは夜ともなると、漆黒《しっこく》の闇に包まれましょうが、月影が射せば、見渡す限りの荘厳《そうごん》な風景が広がりましょう。黄泉の国ではなく、生まれ変わる世界かもしれません」

「それはあなたがまだ死を考えるにはお若いからでありましょう。私のようにいつお迎えが来るやもしれぬ者にはこの地は暗黒の……。いや、申し訳ございません。つまらぬことを申し上げて」

年寄りは申し訳なさそうに頭を下げ、

「さて、私は引き上げるとします。駕籠屋さんを待たせていますので」

「どちらから」

「本所でございます」

年寄りは引き返して行った。

剣一郎が見送る中、年寄りは駕籠に乗り込んだ。駕籠が出発して視線を戻したとき、残像があった。急いで、もう一度、駕籠のほうを見た。

しかし、すでに駕籠は去り、残像の正体もなかった。男の影が目に残っていたのか。気のせいか。

陽光が斜めから射し、枯れ木の影も長く延びている。死体でもあるようないやな鳴き方だという年寄りの言葉を思いだした。

大八車がやって来たのはこの辺りだろうか。何かを捨てたのかもしれない。夕暮れて、風が出て来た。烏が羽ばたいた。

剣一郎はじっと荒涼たる野原を眺めていた。

四

その日、非番だった剣之助は午後になって小梅村にやって来た。

父の考えでは、この界隈に三人組の隠れ家があるというのだ。果たして、そこに伝助がいっしょにいるだろうか。

伝助が三人の男に連れ去られたのは何かを目撃したからだ。だとしたら、敵がきょうまで伝助を生かしておくとは思えない。

どうしても最悪のことを考えてしまう。どこかに埋められているかもしれない。

剣之助は柳島の妙見堂に足を延ばした。参詣客が多い。

妙見堂からさらに先に行こうとしたとき、背後から声をかけられた。

「剣之助さん」

振り返ると、文七だった。

「やっぱり、剣之助さんでしたか」

「ああ、文七さん。会えてよかった」

「どうしてまた、こっちに？」

「伝助を探しにです。どうしても、探し出したくて」

「そうですか。ここ数日、この界隈を歩き回っているのですが、どうも手掛かりもつかめません。廃屋や荒れ寺、そして百姓家の離れなどを当たってみましたが……」

文七は首を横に振った。

「もっと範囲を広げたほうがいいんでしょうか」

「ええ。もしかしたら、最初の隠れ家から移動したってことも考えられます。そうなると、ちょっと追跡が難しくなります」

文七は疲れたような顔で言う。

「そうですね」

剣之助は堀の向こう側に広がる田畑に目をやった。小村井村《おむらいむら》や木下川村《きねがわむら》のほうだ。さらに、隠れ家を移動したのか。

いや、と、剣之助は考えた。

三人組、ひとり殺されて残るのはふたりだが、西田主水の屋敷に押し入った目的を果たしていない。それに、仲間を殺され、むざむざと手をこまねいているとは思えない。だとすれば、そんな遠くには逃げない。そう思った。

自分の考えを言うと、文七も素直に頷いた。

「仰るとおりです。必ず、この界隈にいますね。ただ、いままでと探す場所を変えたほうがいいかもしれません」

「と言うと?」

「へえ。いままで、あっしは奴らが隠れ住むにふさわしいところを探していました。町家以外です。住人にきいても怪しい人間は浮かんで来ない。それで見つからなかったということは、もしかしたら町家に潜り込んでいるのかもしれません」

「ひとの出入りも怪しまれないところというと、一膳飯屋とか小商いの店とか……」

「ええ、そうです。今度はその辺りを調べてみます」

文七の声に張りが出た。

「私も探します」

文七と手分けをして町家を調べることにした。

文七は北十間川沿いの中之郷瓦町に、剣之助はその隣の中之郷八軒町《はちけんちょう》に向かった。

両側に小商いの店が並んでいる通りをゆっくり歩く。この土地に長く住んでいる人間が匿《かくま》っているのに違いないと思った。

だが、そうだとしても伝助は奴らにとっても厄介な存在ではないのか。こういう町中に伝助を監禁しておくことは難しい。騒がれたら近所のひとに知られてしまう。

夕方まで歩き回ったが、手掛かりは摑めない。ただ当てもなく歩き回るだけでは目的を果たせそうもない。

隣の松倉町《まつくらちょう》に向かった。

剣之助は木戸番屋に寄った。番太郎は夜廻りをしたり、往来を見ていたりと、ひとを見る機会が多い。

木戸番屋は店先で雑貨などを売っている。草鞋《わらじ》が下がっている。冬場は焼き芋も売っているが、いまはふかした芋だ。いい匂いがしている。

「ちょっとよろしいですか」

剣之助は留守番をしていた番太郎に声をかけた。

「へい。なんでがしょう」

「町中で、体の大きなのっそりした男を見かけたことはありませんか。年の頃は三十前後。ひとのよさそうな顔をしています」

剣之助は伝助の特徴を話した。

「体が大きくてのっそりした男ですかえ」

「まあ、それだけじゃわからないでしょうね」

「そのような男は何人もいますのでね……」

番太郎は困惑したように答えた。確かに、伝助のような風体《ふうてい》の男は何人もいるだろう。じかに接した人間でないと、伝助の特徴を話してもわからないかもしれない。

礼を言って、剣之助は木戸番小屋を出た。

町医者とすれ違った。往診からの帰りか。だが、酒臭かった。往診先で酒を振る舞われたのか。不謹慎だ。藪《やぶ》医者だろうと、不愉快になった。

辺りが薄暗くなって来た。剣之助はこれ以上の調べを諦め、引き上げることにした。

北割下水《きたわりげすい》に差しかかったとき、前方の武家地を抜けて町駕籠が小橋を渡って来た。

その駕籠の背後から、突如浪人が現れた。

とっさに剣之助は駕籠に向かって走った。浪人の手に抜き身が握られていた。浪人が駕籠と並んだ。

小橋を渡り切ったところで、駕籠かきが驚いて駕籠を止めた。その刹那《せつな》、浪人の剣が駕籠の客に向けられた。

「待て」

剣之助が叫びながら駕籠のそばに駆けつけた。

浪人が剣之助に気づいて向かって来た。剣之助は相手の剣を身を翻《ひるがえ》して避けながら抜刀した。

「何やつ」

剣之助は誰何《すいか》した。

相手は無言で上段から斬りつけてきた。剣之助は相手の剣を鎬《しのぎ》で受けとめた。わざと鍔迫《つばぜ》り合《あ》いの形にしたのは、相手の顔を間近に見るためだった。

痩せて顎《あご》の長い馬面の浪人だった。歯ぐきを剝き出しにして押し返して来る。押し返しながら、剣之助は相手の顔の特徴を覚えた。

細い目がつり上がっている。鼻は横に広く、顎の先に一寸ほどの傷があった。

「何者だ？」

剣之助は問い詰めた。

だが、浪人は無言だ。さっと後ろに下がると、剣を引いた。そして、そのまま来た方角に去って行った。

剣之助は剣を鞘《さや》に納めた。

「危ういところをありがとうございました」

駕籠に乗っていたのは年寄りだった。

「いえ、お怪我はございませぬか」

「おかげさまでどこも」

年寄りは目尻を下げて言った。

「それにしても、なぜ襲われたのでしょうか。心当たりはおありですか」

「いえ。おそらく食いっぱぐれ浪人が金欲しさに襲って来たのでしょう。おそろしいことで」

あの浪人は明らかにこの年寄りを殺そうとした。辻強盗の類ではない。そう思って、そのことを口にしようとしたとき、駕籠かきが戻って来た。

「旦那。ご無事で」

駕籠かきは客を放り出して逃げたことなど忘れたかのように言う。近くで成り行きを窺っていたのだろう。

「ああ、駕籠屋さん。では、やっていただきましょうか」

「へい」

　年寄りは剣之助の顔に目をやり、

「改めてお礼にあがりたいと存じます。お名前を教えていただけましたら」

「いや。礼なんて無用です。それより、またさっきの男が引き返してこないとも限りません。おうちまでお送りいたします」

「いえ、そこまでしていただかなくともだいじょうぶです」

「でも」

「それに、もう襲っては来ますまい」

「そうですか。では、お気をつけて」

　剣之助は駕籠に乗り込む年寄りに言った。

　駕籠かきは提灯に灯を入れ、駕籠を担いだ。中から年寄りが軽く会釈をくれた。

　駕籠が去って行く。十分に離れてから、剣之助は駕籠のあとをつけた。ただの年寄りとは思えなかった。浪人に刃で突き刺されそうになったのに、うろたえることはなかったからだ。

それに、浪人は年寄りの命を狙った。物取りではない。命を狙われること自体、あの年寄りが只者ではないことを物語っている。

駕籠は松倉町を突っ切って、両側に寺が向かい合っている通りに入った。そして、山門の前で駕籠が止まった。

年寄りが駕籠から下りた。そして、山門を入って行った。

空駕籠が引き返して来た。

剣之助は駕籠かきを呼び止めた。

「これはさきほどのお侍さま」

駕籠かきが足を止めた。

「いまのお客はどこで乗せたのですか」

「法恩寺橋《ほうおんじばし》の近くです」

「ええ、法恩寺橋？　じゃあ、そこまで歩いて行ったんですね」

「で、どこへ？」

「へえ、空駕籠を探していたんでしょう」

「へえ、それが深川の十万坪です」

「十万坪？　なにしに行ったんでしょう？」

「さあ、わかりません」

「他にはどこにも？」

「へえ。そこだけです」

このやりとりの間、山門を注意していたが、年寄りは出て来ない。まだ、境内にいる。

礼を言って駕籠かきと別れた。

剣之助はさっきの山門の前に行った。そして、中を見る。暗い境内にひと影はない。剣之助は用心深く、境内に足を踏み入れた。

右手の鐘楼《しょうろう》のほうに身を寄せ、目立たないように本堂に向かった。本堂の扉は閉まっている。

本堂の前に誰もいない。剣之助は小首を傾げた。庫裏に行ったのだろうか。

本堂の裏手から作務衣《さむえ》姿の僧が出て来た。

「お訊ねしますが、ちょっと前にお年寄りがこちらにやって来たのですが、どこへ行ったのかおわかりではありませんか」

「杖をついたお年寄りなら、裏口からお帰りになりました」

「裏口?」

しまったと、剣之助は舌打ちした。

礼を言って、僧と別れ、裏口に急いだ。

裏口の戸を押して出ると、どこかの武家屋敷の裏手だった。そこにあの年寄りの姿はなかった。

そのまま裏道を歩いた。中之郷原庭町《はらにわちょう》だ。そこを過ぎると中之郷竹町《たけちょう》。そして、そこを突っ切ると、大川に出た。

あの年寄りがどこに行ったのか皆目《かいもく》わからなかった。

伝助を探し出すという本来の目的ではなかったが、殺されかけた年寄りの名前をきき出しておくべきだったと今になって後悔した。

もっとも、こういう結果になったことからみて、名を問うたとしても正直に答えたかどうかわからない。

それにしても、あの年寄りはなぜあのような行動をとったのか。襲って来た浪人の仲間がつけてくると思ったのか。それとも、剣之助を用心したのか。

いずれにしても、あの年寄りは何かある。伝助のことは別として、調べてみる必要があると思った。

大川に向かって立っていると、文七がやって来た。

「どうしました、こんなところで?」

文七が不思議そうにきいた。

「じつは今、こんなことが」

と、年寄りのことを話した。

「そいつは妙ですね」

「ええ。命を狙われていたのは間違いありません」

「あっしも、明日からその年寄りのことを頭に入れて歩いてみます」

「伝助の手掛かりはどうでしたか」

「酒屋や炭屋などに片っ端から訊ね、伝助らしい男を見かけたことがないかきいてみたんです。すると、何軒かの家で大きな男を見たという話が出たんですが、確かめたところみな別人でした」

文七は暗い顔をした。

「私も木戸番にきいたりしたんですが……」

「明日は、中之郷竹町と原庭町を重点的に探してみます。その際、その年寄りのことも調べてみます」

「すみません。明日は出仕しないといけないので」

「何を仰いますか。これは私が頼まれたことです」

文七は真顔で答えた。

「文七さん。久し振りに、どこかで一杯やって行きませんか。一日中歩き通しで疲れたでしょう」

「結構ですね。じつは、私も剣之助さんとお酒を酌み交わしたいと思っていたんです」

文七がすぐに応じて、

「どこへ行きましょうか」

「よろしかったら、文七さんの住いの近くの呑み屋では？」

文七は霊岸島《れいがんじま》に住んでいた。何度か、長屋に行ったことがあり、近くの呑み屋で呑んだことがあるのだ。

「わかりました。じゃあ、そこにしましょう。ちょっと歩きますが」

剣之助は文七といっしょだと心が弾《はず》んでくる。そのことを言うと、もったいないと言って恐縮するが、剣之助にとって文七は兄のような存在だった。

その夜、屋敷に帰ると、植村京之進が来ていて、父と話している最中だった。

剣之助は父の部屋に行った。

「失礼します」

声をかけて、剣之助は襖を開けた。

「剣之助。これへ」

剣一郎が招く。

「はい」

剣之助が入って行くと、剣一郎は苦笑した。

「おや、呑んでおるのか」

「はい。文七さんとちょっと」

剣之助が火照《ほて》った顔に手をやり、

「申し訳ございません。こんな顔で」

と、京之進に謝った。

「いえ、とんでもない」

京之進は笑いながら答えた。

「どうであったな」

剣一郎が表情を引き締めてきいた。

「残念ですが、手掛かりはありませんでした。文七さんは、百姓家の離れや荒れ寺などといった人里離れた場所ではなく、町家にいるのではないかと考え、町家に目を向けはじめました」

「うむ。町家か。長年住んでいる者の家にいるというのも考えられることだ。いや、その可能性は十分にある」

剣一郎は文七の考えに異を唱えるどころか、文七の考えを受け入れた。

「ただ、伝助の身がますます不安になって参ります」

弱気になると、

「剣之助。信じるのだ。伝助はきっと無事だとな」

と言って、剣一郎は剣之助を叱咤《しった》激励《げきれい》した。

「はい」

「仙八と音次の住いを見張らせていますが、ふたりはずっと帰っていません。ふたりはやはり、伝助といっしょにいるのではないかと思います」

京之進が不安そうに続けた。

「ただ、卓蔵が殺された今、ふたりにとって人手が欲しいとなると、何か悪事を伝助が手伝わされている可能性があります。そのことが心配です」

「そうですね」

伝助の生死の問題だけでなく、生きていたとしてもふたりに使われ、手を汚しているかもしれない。

剣之助はそのことを考えると、またも胸が痛くなった。

「あれこれ心配しても仕方ない。こっちがやらねばならぬのはまず事件の全容を知ることだ。いったい、仙八たちは何の目的で西田主水どのの屋敷に押し入ったのか」

「用人の丹沢甚兵衛との関係はどうだったのですか」

「調べたのですが、何もありません。そもそも、仙八たち三人は西田さまの屋敷の奉公人たちとも何の繋がりもないのです」

最後、京之進は吐息混じりになった。

「父上は、三年前の支配勘定の不正事件にこだわっているようでしたが？」

剣之助はきいた。

「うむ。わしが気になるのは田丸寿太郎の母親の澄んだ目だ。息子が不正を働き、切腹して果てたというのに、心穏やかな暮らしを送っている。むろん、内心では哀しみや怒りなどもあろう。だが、ふつうだったらもっと取り乱し、また憔悴《しょうすい》していく。

ところが、あの母親は心穏やかに毎日阿弥陀堂に籠もり、そして息子の墓を守っている。なぜ、あのような心境でいられるのか」

剣一郎はふうと息を吐き、

「このことについて、火盗改めの横瀬どのは田丸寿太郎の身近にいる者が不正の黒幕だった西田どのに復讐をしようとしたと考えている。そういう目で見れば、母親が穏やかなのも息子の敵討ちが出来たという満足感からだと考えられる。だが、あの母親の悟りきった態度はそんなことから生まれない」

「火盗改めは誤った探索を進めているというわけですね」

「うむ。ただ、気になることがある。田丸寿太郎の遺書に、不正を働いたわけは料理屋の女に入れ揚げたためだと記されていた。その料理屋の女が仙八たちを使って西田主水どのに復讐をしようとしたと火盗改めは考えているのだ。田丸寿太郎とその女が深い関係にあったとしたら、必ずしも間違った探索とは言い切れない」

「そのような女はほんとうに存在したのでしょうか」

「わからぬ。だが、遺書には書いてあったのだ。いまごろ、火盗改めは一所懸命その女を探していよう」

「そうですか」

「そもそも、その不正事件は西田さまが指示したのでしょうか。その証拠はあったのでしょうか」

「いや、なかったようだ。勘定吟味役多度津由次郎どのの話では田丸寿太郎ひとりがやったこと。かえって監督不行き届きという罪をかぶった西田どののほうこそ、田丸寿太郎に恨みがあるのではないかと言っていた。ただ、どうしても、わしはあの不正事件にはもっと隠された何かがあるような気がしているのだ」

剣一郎は腕組みをした。

「それに気になるのは、西田どのの屋敷の焼跡に仮小屋を造り、若党や中間、それに浪人者が住んでいることだ。土蔵の中の物を狙う不心得者がいるかもしれず、その用心とも考えられるが、それにしては警戒が厳重のような気がする」

「やはり、仙八たちが再び襲ってくると警戒しているのではないでしょうか」

京之進が口をはさんだ。

「そう考えたほうが納得出来る。最初の押込みで、仙八たちは目的を果たしていなかったのだ。だから、第二、第三の攻撃を仕掛けてくる。西田どののほうではそう考え、警護を固めた。そういうことではなかったか」

剣一郎は厳しい顔で言った。さすがの父上も、事件の全容が摑めないことにいらだちを隠せないようだと、剣之助は思った。

　襲った側はもちろん、襲われた側にも秘密があるのだ。まだ、我々が摑んでいない大きな事実が隠れている。

　剣之助はそのことを口にした。

「父上。我らは今回の事件の裏の隠された大きな事実をまだ見つけ出せないでいるようです。何か、背後に何か大きなことがあるのではありませんか」

「私も剣之助さまの言うとおりだと思います。何か見落としているものがあるのに違いありません」

「うむ」

　剣一郎は頷く。

「それは何だろうか」

　ふと、剣一郎は腕組みを解いた。

「最初の考えに立ち返ろう。仙八たちは船を用意していた。そのわけは何か重いものを運ぶつもりだったからだ。その重いものは千両箱ではないかと考えた」

「はい。火を放ち、千両箱を強奪しようとした。そう考えたほうが船を用意したことの説明がつきます」

京之進がすかさず応じた。

「だが、西田主水どのの屋敷にそんな金があったとは思えない。だから、西田どのの暗殺目的ではないかという考えが生まれた。果たして、ほんとうにあの屋敷に千両箱はなかったのか。いや、あったと考えてみよう。だとしたら、その千両箱はどうしたのか」

「まさか、不正事件の裏で……」

剣之助は口をはさんだが、すぐ剣一郎は否定した。

「いや。勘定吟味役が調べたのだ。それだけの大金を着服出来たとは思えない。それに、押し入ったのは町のならず者だ。ならず者が不正事件の着服した金のことを知っていたとは思えない」

「すると……」

京之進があっと声を上げた。

「青柳さま。半年前の九月、通旅籠町《とおりはたごちょう》にある酒問屋『樽見屋《たるみや》』に押込みが入り、主人夫婦や番頭ら五人が殺され、二千両が強奪されるという事件が起きました」

「確か本役のほうの火盗改めが動いたのだったな」

「はい。押し入ったのは黒猿《くろましら》の助五郎《すけごろう》という盗っ人とその手下。ですが、押込みのあった翌日、火盗改めが押上村にあった隠れ家を急襲し、抵抗する一味五人を全員斬り殺してしまいました。ところが、頭の助五郎ともうひとりはその場にいなかったのです。それきり、助五郎も奪われた金もわからずじまいになってしまいました。助五郎が独り占めして高飛びしたのだろうということになったのです」

「そんな事件がありましたね」

剣之助は事件の詳しい内容は知らないが、残虐《ざんぎゃく》な押込み事件が起こったということは耳にしていた。

「京之進。それだ」

剣一郎ははったと膝を叩いた。

「その二千両がなんらかの事情で西田主水どのの手に渡った。どういう経緯で知ったかわからないが、仙八たちはその金を横取りしようとしたのだ」

剣一郎は鋭い眼光になって、

「京之進。黒猿の助五郎のことを詳しく調べるのだ」

「畏まりました」

「だが、まだわからぬことがある」

剣一郎が険しい顔をした。

「さっきの大八車の件ですね」

京之進が言う。

剣之助がやってくる前に、ふたりが話し合っていたことだろう。

「大八車の件とは？」

「西田主水の屋敷から何度か大八車が出て行った。深川の古道具屋に向かったようだが、きのうの夕方に出発した大八車の行き先は古道具屋ではなく、小名木川沿いを東に向かったのだ。きょう、そのあとを辿ったが、行き先は十万坪ではないかと思われた。つまり、何かを捨てに行ったのではないかと」

「捨てに行ったとするとなんでございましょうか」

剣之助が小首を傾げてきいた。

「わからぬ。ただ、気になるのが枯れ木の上空を鳥が舞っていた光景だ。まさか、死体とは思えぬが……」

「死体ですって」

「いや。そこに年寄りが来ていた。その年寄りが死体でもあるようないやな鳴き方だと言っていた。夜ともなると黄泉への通り道だとも。その言葉も気になっていたのだ。妙な年寄りであった」

「妙な年寄りといえば、私もきょうそんな年寄りに出会いました」

剣之助は駕籠に乗っていた年寄りが浪人に襲われたのを助け、その駕籠をつけたが年寄りの姿を見失った話をした。

「その年寄り、どんな顔立ちであった？」

「痩せて細い顔に深い皺がいくつもありました。五十歳は過ぎているように思えました。杖をついて……」

「その年寄りだ」

剣一郎が叫ぶように言った。

「わしが会ったのと同じ年寄りだ。本所から来たと言っていた。駕籠で帰ったが、そのあとを何者かがつけて行ったような気がした」

「間違いありません。父上と別れたあと、私と出会ったのです」

「京之進。やはり、十万坪のその一帯を探索してくれい。見過ごしには出来ぬ」

あの年寄りはなぜ十万坪に行ったのか。死体でもあるようないやな鳴き方だと言っていたのは、その辺りに死体があると思っていたからではないのか。

だとしたら、その死体は……。まさか、伝助では。覚えず、剣之助は声を上げそうになった。

第四章　黒猿の根付《ねつけ》

一

翌日。朝からどんよりとした空で、風も冷たい。

剣一郎は柳原の土手にある柳森神社の境内に来ていた。芽吹きはじめた柳も寒そうだった。

ここに毎月、伝助はお参りに来ていた。出牢の日もここに来た。そのあと、玉吉の長屋に行ったが、玉吉は留守だった。その後、伝助は再びここにやって来たのではないか。そして、ここから『増田屋』の物置からの火の手を見ていたのではないか。剣一郎はそう思っている。

だが、いまここに剣一郎はそのことで来ているのではない。

鳥居をくぐってくる武士がいた。剣一郎は深編笠をとった。

武士が近づいて来た。本役の火盗改め与力山脇竜太郎《やまわきりゅうたろう》である。

「お呼び立てして申し訳ございません」

剣一郎は頭を下げた。

「いや、こっちも会いたいと思っていたところだ」

竜太郎にひところのような傲岸さは見られない。以前は剣一郎に対して張り合う気持ちを持っていたようだが、第二の火盗改め誕生のころから剣一郎に対する態度が変わってきた。

ふたりは境内を出て、神社の裏手にまわった。

土手下におりる。足元に神田川の流れがある。ここならひとに話を聞かれる心配はなかった。

「山脇どの。さっそくですが、半年前に起こった通旅籠町の『樽見屋』の押込み。このことでお訊ねしたい」

剣一郎は切り出した。

「『樽見屋』の？　なぜ、今頃？」

竜太郎は不思議そうな顔をした。

「それをお話しする前に、その押込みの顚末を教えていただけませぬか。いま関わっている事件と関係があるのかないのか、お話を聞いてからでないと」

「うむ。いいだろう」

少し考えてから答え、竜太郎は大川に目をやった。荷足船《にたりぶね》が下って行く。

「押込みがあったのは去年の九月の半ば過ぎだった。『樽見屋』の主人夫婦、番頭らが殺され、奉公人は手足を縛られ、さるぐつわをかまされていた。土蔵から二千両が盗まれた」

苦い記憶なのか、竜太郎は顔を歪めた。

「女中のひとりが押入れに隠れて難を逃れ、押込みが去ったあと、店を抜け出て自身番に走った。そのとき、巡回中の我ら同心と出会った。わしもただちに現場にかけつけた。あまりに凄惨《せいさん》な現場にこのわしでさえ目を覆いたくなった。手口から黒猿の助五郎だとすぐにわかった」

黒猿の助五郎は残虐非道な盗賊で、一味が押し入ったあとには必ず悲惨な死体が転がっていたという。

剣一郎は口をはさまずに聞くことに専念した。

「手配は早かった。まっさきに疑ったのは船だ。二千両を運ぶために神田川、あるいは浜町堀に船を用意していたかもしれないと考えた。だが、怪しい船を目撃していた者はいなかった。どこをどう逃げたのか、盗賊の逃げた経路はわからなかった」

竜太郎はため息をついてから、

「ところが、事件の二日後、密告があった。黒猿の助五郎一味が押上村の廃屋にいるとな。密偵が調べ、助五郎一味の隠れ家だと確信し、踏み込んだ。もともと残虐な連中だ。捕まれば獄門だとわかっているので、必死に歯向かって来た。そのため、捕縛《ほばく》は難しく、全員を斬り捨てた。しかし、その中に黒猿の助五郎はいなかった。それだけではない。二千両もなかった」

悔しそうに、竜太郎は拳《こぶし》を握り締めた。

「隠れ家がもうひとつあったのだ。助五郎と二千両はそっちだったのだ。しかし、その場所はわからなかった。そこで、密告者は誰だという話になった。だが、考えるまでもなかった。密告したのは黒猿の助五郎自身に違いないと思った。助五郎とて四十を過ぎている。いつまでも押込みを続けられないだろう。隠居を考えたとしても不思議ではない。おそらく若い情婦と面白おかしく過ごすために二千両を独り占めしようとして、手下を売ったのではないか」

「その後、助五郎の行方は？」

「高崎《たかさき》のほうで助五郎に似た男を見たとか、小田原《おだわら》でひっそりと情婦と住んでいるという話もあった。だが、どれも違った」

ふいに、竜太郎が剣一郎に顔を向けた。

「この事件は我らの敗北だった。二千両は奪われたまま。一味は潰滅《かいめつ》出来たものの、肝心の助五郎には逃げられた。この失態が、その後、第二の火盗改めを生む遠因になっているやもしれぬ。青柳どの」

竜太郎は迫った。

「どうだ？　いまそなたが関わっている事件と関係あるか」

「ひとつ確かめたいのは、押込みがあった夜、比較的手配は早かったのですね。それでも、逃げた賊の痕跡はどこにもなかった？」

剣一郎は落ち着いて確かめた。

「ああ、船しかり、駕籠しかり。現場から近い場所に、賊の隠れ家があったのではないかと考え、翌日からあの一帯を出て行く荷車や駕籠などを調べた。そのことは北町も協力してくれ、自身番、木戸番などにも協力を求めた。が、その網に引っかからなかった」

「隠れ家の探索は町家だけ？」

「そうだ。町家だ。空き家、あるいは細々とやっている小商いの店などだ」

「では、武家屋敷は抜け落ちておりますね」

「武家屋敷だと?」

竜太郎が目を剝いた恐ろしい形相で迫った。

「そなたは、賊が武家屋敷に逃げ込んだと言うのか」

「その可能性はないと否定出来るのですか」

剣一郎は逆に問いかけた。

「しかし」

竜太郎は言いよどんだ。

「いや、そこまで手を伸ばさなかったことを責めているのではありません。誰も直参が押込みの片棒を担いでいるなどとは思いません。だいたい、わかりました。参考になりました」

「待て。こっちの質問に答えろ。半年前の押込みがいまそなたが関わっている事件と関係あるのか」

竜太郎はむきになってきいた。

「そなたが関わっているのは岩本町の『増田屋』が付け火された一件と聞いている。その件も、助五郎が絡んでいるのか」

「いえ、『増田屋』の付け火ではありません」

「では、旗本西田主水どのの用人が殺された件か」

「そうです。まだ、はっきりした証拠があるわけではないのでなんとも言えません。ただ、可能性は十分にあるとだけ言っておきます」

剣一郎は具体的な話を避けた。

「しかし、西田主水どのの用人が殺された件というのは三年前の勘定奉行勝手方の役人の不正事件絡みではないのか」

「山脇どのが私にききたかったことにお答えします。どうぞ、質問してください」

剣一郎は話題を変えた。

「いまのことと関わりがある。第二の火盗改めのことだ」

竜太郎は怒ったような口調で言った。

「いま、奴らは三年前の勘定奉行勝手方の役人の不正事件を調べている。不正を働いた支配勘定、田丸寿太郎の母親を取り調べているようだ」

「なんですって。母親を？」

なんということだと、剣一郎は怒りを抑えきれなかった。

「うむ。菩提寺の離れに世話になっていた母親はいま駿河台の役宅に捕らわれているようだ。さらに寿太郎の女のことを調べている。知っているな」

「田丸寿太郎の母親と情婦だった女が復讐のために西田主水どのを襲ったとみているようだ」

「はい」

「そうらしいですね」

剣一郎はいまいましげに呟いた。

「いまそなたの話では西田主水どのの件と助五郎の件が関わりあるように思える。どうなのだ？」

竜太郎は第二の火盗改めを恐れている。横瀬藤之進は事件解決の手柄を立て、当分加役から本役を目指しているのだ。つまり、第一の火盗改めに躍り出たいという野心を持っている。そのことに、竜太郎は警戒感を露《あらわ》にしている。

「田丸寿太郎の不正事件には裏があることは間違いありません」

「では、やはり田丸寿太郎ひとりに責任を押しつけた西田どのに対しての復讐という当分加役の見方は正しいのか」

「いや。それは違います」

「違う？　どういうことだ？　奴らの探索は間違っていると言うのか。そなたは、助五郎絡みだと思っているのか」

竜太郎は少し昂奮しているようだ。

「私はそう思っています。山脇どの。はっきりしたら、ちゃんとお話し申し上げます。もう少し調べを重ねた上でないと、いまは何とも言えないのです」

「そうか。わかった」

大きくため息をついて竜太郎は答えた。

いくぶん安心したような表情になったのは、第二の火盗改めの探索が間違った方向に進んでいるとわかったからのようだ。

もっとも、それは剣一郎のほうを信用した場合の話だ。第二の火盗改めのほうが正しいこともあり得る。

だが、竜太郎には剣一郎のほうが絶対のようだった。

「では、青柳どの。はっきりわかったら詳しく話してもらいたい」

竜太郎は念を押した。

「わかりました。約束いたしましょう」

ふたりは土手の上に戻り、東と西とに分かれた。

剣一郎は深編笠をかぶり、柳原通りに下りて、両国橋を目指した。

横瀬藤之進が田丸寿太郎の母親を取り調べていることに怒りが込み上げてきた。

半刻（一時間）後、剣一郎は深川の十万坪に来ていた。厚い雲が覆っていて、夕方のように薄暗く、荒れ野を冷たい風が吹き抜けた。

やはり、枯れ木の上に烏が無数に止まっていた。

京之進が手配した奉行所の小者や付近の各町内から動員したたくましい男たちが鍬《くわ》や鋤《すき》などを手に朝から捜索をしていた。

すでに捜索の開始から一刻（二時間）以上経っていた。いまにも降り出しそうでいながら、雨はまだだった。

誰かの騒ぐ声が上がったのは、それから四半刻（三十分）後だった。

鍬を持った男がこっちに向かって叫んだ。

「出ました」

「よし、行こう」

剣一郎は京之進を伴って騒いでいる場所に向かった。枯れ木が立っている場所から二十間（約三十六メートル）ほど先だ。

ひとをかき分け、剣一郎は前に出た。

地中に埋まっていたのは一部腐敗した古い死体だった。筵に結《ゆ》わかれたまま埋められていた。大柄な男で、人相ははっきり見てとれない。

「この辺りの土はずいぶんやわらかかったので掘ってみたら出てきました。死体は古いですが、ここに埋めたのは最近です」

死体を掘り当てた若い男が言った。

「念のためだ。他に埋められていないか、調べるんだ」

京之進が皆に言っている。

この死体が、西田主水の屋敷から大八車で運ばれたという証拠はないが、その可能性は十分に高い。

だとしたら、この死体は誰なのか。

剣一郎の脳裏に浮かぶのはひとりだ。

「京之進」

剣一郎は京之進を呼んだ。

「黒猿の助五郎の顔を知っている者はいないか」

「助五郎ですって。まさか、この死体が助五郎？」

「まだ、わからぬが、確かめたい」

「助五郎の顔を知っているのは北町の同心、いや、やはり火盗改めしかいないかもしれません」

「火盗改めか」

剣一郎が呟いたとき、

「俺が知っている」

と、声がした。

声のほうを向くと、そこに山脇竜太郎が立っていた。

「山脇どの。どうしてここに?」

剣一郎は訝《いぶか》った。

柳森神社を出てから右と左に分かれたのだ。分かれたふりをして、剣一郎のあとをつけて来たということはない。尾行されていれば気づく。

「合点がいかぬのも無理はない。青柳どのと別れたあと、気になって岩本町の西田どのの屋敷に行ったのだ。そうしたら、若党らしい男があわてた様子で屋敷を出て来た。気になって、その男のあとをつけたら、ここに来たというわけだ」

「その若党は?」

「死体が見つかったのを確かめてから引き上げた」

「引き上げた?」

剣一郎はすぐに京之進に向かい、

「誰か、西田どのの屋敷を見張らせるのだ」

と、命じた。

京之進が小者のひとりを呼び寄せた。小者はすぐに走って行った。

京之進が戻って来てから、剣一郎は言った。

「山脇どの。では、お願いします」

「よし」

竜太郎は死体のそばに行った。

そして、跪《ひざまず》いてから手を合わせ、改めて死体を見た。

こめかみの辺りに目をやり、首筋、そして、腕、脚と調べた。再び合掌してから、
竜太郎は立ち上がった。

「助五郎だ。間違いない。右肩から背中にかけての龍の彫り物。眉間《みけん》にある黒子《ほくろ》。その他、いくつも助五郎の特徴と一致する」

そう言い、竜太郎は天を仰いだ。

「なんということだ。助五郎が死んでいたとは……」

「おかげでだいぶはっきりしました」

剣一郎は自分の考えに確信を持った。

「誰が助五郎をやったのだ？　約束だ。教えてもらおう」

「向こうへ」

枯れ木の横に誘い、剣一郎は口を開いた。

「さっきの続きになります。助五郎一味は町家に隠れ家を持っていたのではありません。旗本屋敷です。誰も旗本屋敷が押込みの隠れ家に使われたとは思わないでしょう」

剣一郎は直参の堕落《だらく》を嘆《なげ》くように言う。

「まさか、西田主水どのの屋敷のことを言っているのでは？」

竜太郎は啞然とした顔で言う。

「そうです。おそらく、黒猿の助五郎一味は盗んだ金を持って西田主水どのの屋敷に隠れたのです。そして、夜が明けてから一味は平然と町中に出て、押上村に引き上げた。その際、千両箱はまだ屋敷のどこかに置いたままです。現場周辺から探索の目がなくなってから運び出すことにしていたのでしょう。ただ、助五郎だけは残ったのではないでしょうか。千両箱の見張りの意味もあって」

「………」

「おそらく、西田主水どのは幾ばくかの謝礼をもらう約束で、中間部屋を隠れ家に貸し与えたのだと思います。だが、二千両を前に、西田主水どのは目が眩《くら》んだ」

剣一郎は頭の中で整理しながら話した。こうして話すことで、細かいことはわからないが事件の大筋がはっきりしてくる。

「西田どのは二千両を奪うために、助五郎を殺した。そして、一味の隠れ家を火盗改めに密告したのです。助五郎が手下を売り、二千両を独り占めして逃げたように見せかけたのに違いありません」

「どうして、助五郎が殺されていることがわかったのだ?」

竜太郎が呻くようにきいた。

「何ごともなければ永遠にわからなかったかもしれません。ですが、助五郎が金を独り占めしたということに疑いを持っている人間がいたのです。その男がとんでもない賭けに出た。それが、先月の十六日に起きた岩本町を火元とする火事だった」

剣一郎はさらに続けた。

「あの火事の意味は、火事のどさくさに紛れて千両箱を盗もうとしただけではない。屋敷を燃やせば屋敷の建て直しになる。その際、土を掘られたら死体が出てくる。そうなる前に死体をどこかに運び出さなければならない。それを狙っていた男がいたということだったと思います」

「誰だ、そいつは？」

「わかりません。だが、助五郎に近い男です。ひょっとしたら、年老いて隠居した仲間かもしれない」

ここで出会った年寄りを念頭において、剣一郎は言った。

「隠居した仲間？」

竜太郎は眉根を寄せた。

「そういえば、助五郎の一味に年寄りがいた。確か」

竜太郎は首をひねった。

「そうだ。扇蔵《せんぞう》という男だ。もう五十を過ぎているはずだ。とうに死んだと思っていたが、扇蔵はまだ達者だったのか」

「扇蔵かどうかわかりませぬが、鋭い目をした年寄りがきのうこの場所に立っていました。助五郎を探しに来たのかもしれない」

「助五郎のことを気にかけている年寄りといったら扇蔵しか考えられない。では、扇蔵が西田主水の屋敷を襲わせたのか」

「そうに違いありません。扇蔵が仙八、音次、卓蔵の三人に屋敷に押し入らせたのです。そのうち、卓蔵は殺された。あとのふたりの行方はわかりません」

もうひとり伝助の行方もわからないが、竜太郎に話しても仕方ないことだ。

助五郎の死体が戸板に載せられ、大八車で運ばれて行った。それを見送りながら、
竜太郎がきいた。

「これからどうするのだ？」

「西田どのの奉公人を調べます」

旗本の西田主水の取調べには御徒目付を通さねばならないが、奉公人は町奉行所で
取り調べることが出来る。

「西田どのの取調べを我らに任せてはもらえぬか」

竜太郎が虫のよいことを口にした。

「我らなら相手が旗本であろうが……」

「お断りいたします」

「なに？」

竜太郎が気色ばんだ。

「助五郎絡みであれば、我らにも無関係ではない」

「山脇さまに手柄を与えるのがいやなわけではありません。ですが、本役の火盗改め

の与力が途中からしゃしゃり出て来て手柄を立てたら、横瀬さまの御立場はどうなりましょう？」

「………」

「横瀬さまのほうはとんだ筋違いの探索を進めていたことが明らかになる上に、手柄が本役にとられたら立つ瀬がありますまい」

剣一郎は首を横に振り、

「きっと横瀬さまは本役の方々に対して凄まじい恨みを持つようになりましょう。今回の事件で、横瀬さまは事件を解決に導けなかったという事実だけで、山脇さまとしたらよしとすべきかと思います。とりあえず、本役を取って代わられるような事態にはならないわけですから」

「うむ。そうだの。横瀬どのの面子《めんつ》もあろうからな」

「その上で、お願いが」

「なんだ？」

「このままでは横瀬さまは引き下がれません。そこで、西田主水どのの取調べを横瀬さまに譲ろうと思うのです」

「ばかな。それでは、我らの立場がなくなる。敵に塩を送るなんて出来るわけはない」

「いえ、それをするのです。横瀬さまに恩を売っておくのも今後のためになるかと思いますが」

「なるほど」

竜太郎は苦笑し、

「わかった。そなたの言うとおりにしよう」

「ありがとうございます」

「何かあったら、相談に乗る」

そう言い残し、竜太郎は引き上げて行った。

剣一郎は京之進のそばに行き、

「西田主水どのの屋敷の若党と中間を捕まえるのだ。他の奉公人も逃亡しないように釘を刺しておけ」

と、命じた。

剣一郎は京之進と共に新大橋《しんおおはし》を渡り、浜町河岸を通って、西田主水の屋敷に向かった。

二

死体が見つかったことを見届けて屋敷から逃げ出すかもしれないという心配があった。


屋敷に着いたとき、見張りにつけた小者の姿がないのを確かめて、

「逃げたようです」

と、悔しそうに言った。

旗本屋敷には町方は踏み込めないが、剣一郎はまだ普請途中の屋敷に入った。大工や鳶の者の姿はあるが、屋敷の人間の姿がない。

「屋敷の者は?」

剣一郎は大工に声をかけた。

「若党の松戸さまならあわただしく出て行きました」

「他の者もいっしょか」

「へえ。中間と浪人もいっしょでした」

やはり、危険を察し、逃げ出したのか。

しかし、小者がつけているはずだ。

土蔵の近くの仮小屋のほうに目をやってから、剣一郎はそこに足を向けた。京之進もついて来る。

仮小屋付近の土を調べた。土が掘り返された跡があった。

「ここに埋められていたようだな」

剣一郎は足元の土を見て言った。

「ええ、間違いありません」

京之進は十手で土をかき分けた。

「青柳さま。何かありました」

土の中から黒っぽいものが覗いた。

京之進が手で土を払ってからそれを取り出した。煙草入れだ。黒猿の根付がついている。

「助五郎のものではありませんか」

「おそらくな。これは動かぬ証《あかし》になる」

「若党たちはどこに行ったのでしょうか」

「西田主水どののところだろう。小川町だ」

妻女の実家に避難している西田主水に助五郎の死体を見つけられたと注進に及んだのに違いない。

屋敷の外に出たとき、小者が戻って来た。

「奴らは、小川町の屋敷に入り込みました」

「よし。逃げ込んでも、向こうの屋敷では長く匿ってはいられないはずだ。必ず出て来る。そのとき、捕まえるのだ」

「わかりました。すぐ手配をいたします」

京之進が小者に指示を与えた。

若党の松戸和之助と中間の喜作が小川町の屋敷から出て来たのは、翌日の朝だった。

その屋敷を火盗改めの同心も見張っていて、京之進が松戸和之助と喜作を大番屋に引っ張って行くのを、啞然として見送っていたという。

おそらく、その同心は下田道次郎であろうと、剣一郎は思った。

若党の和之助捕縛の知らせを受け、剣一郎は南茅場町《みなみかやばちょう》の大番屋に急いだ。

剣一郎は京之進の労をねぎらった。

「ご苦労だった」

「はっ。では、これから取調べを」

京之進は意気込んで言った。剣一郎の到着を待っていたようだ。

「よし、和之助を連れて来い」

京之進は仮牢から和之助を連れ出すように小者に命じた。

やがて、和之助が連れてこられた。

和之助は肩の筋肉も盛り上がり、胸板も厚く、鋭い眼光の男だ。ふてぶてしい面構えで、侍の姿をしていなければ、とうてい若党とは思えない。三十歳ぐらいか。

喜作のほうは狡賢《ずるがしこ》そうな顔をした二十五、六の男だ。仮牢から不安そうな目を向けている。

「無礼ではないか。こんなところに引っ張ってきて」

和之助が食ってかかった。ふたりの小者が押さえつけるが、後ろ手に縛られたままの和之助に弾き飛ばされた。

「和之助。おとなしくせい」

京之進が十手で和之助の肩を叩いた。

痛っと悲鳴を上げて、和之助は倒れた。

「こんなことをして、あとで吠え面《ほえづら》をかくな」

本性を剝き出しにしたように、和之助は凄味をきかせた。

「和之助」

剣一郎は声をかけた。

「そなた、きのうは十万坪までやって来たな。なにしに来たんだ？」

「さあ、何のことですかえ。あっしにはとんと記憶がありませんぜ」

和之助はとぼけた。

「見ていた人間がいる。火盗改めの与力だ。その与力の言うことが正しいか、おまえが正しいか……」

「待ってくれ。思いだした。十万坪って言うから知らねえって言ったんで、あっちのほうに知り合いがいるんで会いに行ったんです。そうしたら、留守だったんです」

「知り合いの家がどこだ？」

「木場《きば》でして。そこから引き上げるとき、ぞろぞろ町方にひとが歩いて行くのに出会い、なんだろうと思ってあとをつけた。それだけです」

「そこで何があったのかわかったのか」

「いえ」

「死体が見つかった。そのことを知っているな」

「いえ、そんなこと知りません。すぐ引き上げましたから」

「屋敷に帰ってから、すぐ中間の喜作や浪人とともに小川町にいる西田主水どののところに向かった。なにしに行ったのだ？」

「屋敷の普請の経過をお知らせしに」

「四人で行く必要があったのか」

「へえ。久し振りに殿さまに会いたいって言うんで、いっしょに」

「和之助。あの浪人たちも西田どのが雇ったのか」

「そうです。土蔵の中を荒らしに不心得者がやって来るかもしれないというので、殿さまが雇ったんです」

「そなた、どういう縁で、西田主水の若党になったのだ？　請人は誰だ？」

「そんなものはいねえ」

「では、どうやってなった？」

「用人に誘われたんですよ」

「亡くなった丹沢甚兵衛だな」

「そうだ」

和之助は不貞腐《ふてくさ》れたように答える。

「それまでは何をしていた？」

「別に」

「別にではない。何をしていたかときいているのだ」

京之進が強く出た。

「別のお屋敷で若党をしていました」

「どこだ？」

「忘れました」

「和之助。おまえは黒猿の助五郎と顔なじみだったのではないか」

「誰ですかえ、黒猿の助五郎ってのは？」

「おまえが殺して庭に埋めた男だ。そして、三日前、十万坪に埋めた」

「さあ、なんのことかさっぱりわかりませんねえ」

「和之助。これを見ろ」

京之進が黒猿の根付のついた煙草入れを突き付けた。

和之助ははっとしたような顔をした。

「なんですか、これ。知りませんぜ」

「おまえたちが寝泊まりしていた仮小屋の近くに落ちていた。黒猿の助五郎のものではないのか」

「さあ、知りません」

「和之助」

再び、剣一郎が和之助の前に出た。

「正直に言うのだ。おまえが正直に言わないと、このまま解き放さねばならない」

「早くそうしてもらいましょう」

「いいのか」

「いいのかって、どうしてですかえ。疑いが晴れたならお解き放ちになるのは当然じゃありませんか」

和之助はにやりと笑った。

「いや、疑いが晴れたから解き放すのではない。決定的な証拠がないからだ」

「どっちにしろ、あっしには関係ありません。どうぞ、お解き放ちください」

「ほんとうにいいのか。解き放せば、すぐ火盗改めがそなたを捕まえるかもしれぬ。

なぜ、我らが強引にそなたを捕まえたのかわかるか。そなたをむざむざと死なせたくないからだ。火盗改めの拷問に耐えた者はいないという。自白するか死ぬか」

「げっ」

和之助は奇妙な声を上げた。

「どっちにしろ、おまえは自由の身にはならぬ」

剣一郎は立ち上がった。

「和之助。最後にもう一度きく。『樽見屋』に押し入って二千両を奪った黒猿の助五郎一味を西田主水どのの屋敷に引き入れたのではないか。どうだ?」

「………」

「そうか。仕方ない。縄を解け」

「へい」

小者が和之助の縄を解いた。

「よし、行っていい。火盗改めがいないか、誰か外を見てやれ」

剣一郎は威した。が、決してただの威しではない。もし、疑いを寿太郎の母親に向けていなければ、火盗改めは和之助らを捕まえるに違いないのだ。

「火盗改めに渡すのは忍びないが、仕方ない」

「待ってくれ」

和之助が青ざめた顔で、

「助五郎を殺したのは用人の丹沢甚兵衛だ」

「和之助。この期に及んでまだしらを切る気か。いずれ、助五郎の一味だった扇蔵も捕まるだろう。そうすれば、そなたの嘘がわかる」

「ちくしょう。扇蔵さえ、よけいな真似をしなければ」

和之助は悔しそうに唇を噛んだ。

「三人組を押し込ませたのは扇蔵だ。そなたも扇蔵が仕掛けたことだと気づいていたか」

和之助はがっくと頭を垂れたが、おもむろに顔を上げた。

「助五郎一味が全滅して、助五郎のことや二千両のことを知っている人間は誰もいないはずだった。まさか、扇蔵のじじいが出しゃばってくるとは思わなかった。ちくしょう」

「まず、半年前の『樽見屋』の事件から聞かせてもらおう」

剣一郎は順を追ってきいた。

「へい。あっしは一年前から丹沢さんの世話で若党になりました。やくざ暮らしもいやになり、侍になりたかったこともあって、渡りに舟とお屋敷に入り込んだんです。でも、やがて屋敷の内実はかなり苦しいことがわかりました。お役に就いていた頃は付け届けがあって派手な暮らしをしていたようですが、お役を解かれてから困窮《こんきゅう》し、貯えも減っていました。それでも、西田の殿さまはお役に就きたくてあちこちに働きかけをしていました。その金もばかにならず、ますます借金が膨らんでいった。そんなとき、屋敷の前で偶然に黒猿の助五郎親分と出会ったんです。何度か、親分に誘われて、押込みに加わったことがありました。あっしは徒党を組むのがいやで、一味には入りませんでしたが、人手が必要なときには声をかけて来たんです。久し振りに出会ったとき、助五郎親分は『樽見屋』の下見の帰りでした。それから、何度か誘いがあり、呑み屋で会っているうちに隠れ家の話を持ちかけられたんです。中間部屋を貸してくれれば百両くれるという約束でした」

和之助はすっかり観念したように続けた。

「あっしの一存でそれをやるつもりでしたが、そうもいかず、丹沢さんに相談したんです。そうしたら、その後、西田の殿さまに呼ばれ、二千両横取りを持ちかけられたのです」

「話を持ちかけたのは西田主水どのだというのか」

「そうです。あっしは百両で十分だったんですが、殿さまには逆らえません。あとは、青柳さまが仰ったような按配《あんばい》です。ひとりでお金の様子を見に来た助五郎親分をあっしと丹沢さんで殺し、屋敷の庭に埋め、それから一味の隠れ家を火盗改めに密告しました」

「もし、一味の者が殺されず生きて捕まり、西田どのの屋敷に金を隠したと自白したらどうするつもりだったのだ？」

「奴らは捕まればみな獄門ですから、必死に抵抗すると思ってました。万が一のときでも、直参旗本が押込みに手を貸しはしないと突っぱねれば、追及されることはないと殿さまは仰ってました」

「結果、一味は全員亡くなり、助五郎が金を独り占めして逃亡したということになったのだな」

「そうです」

「ところが、正月十六日の夜、三人の男が屋敷に押し入った。竹筒に油を入れ、火種を持って火をつけると威しながら、西田主水どのに土蔵の鍵を要求した。そういうことか」

「はい。あの三人は千両箱を出せと叫んでいました。あっしが駆けつけたとき、丹沢さんと男が争っていて匕首で刺されたのです」

「しかし、三人は目的を果たさずに逃げた。なぜ、逃げたのだ?」

「あっしが、三人組の兄貴分格らしい男の腹を匕首で刺したんです。すると、ひとりの男が油をまいて火を付けたんです。たちまち、炎が舞い上がって、その隙に三人が逃げてしまいました」

兄貴分格らしい男というのは仙八のことだろう。仙八は怪我を負ったのか。

「隣の『増田屋』の物置の傍から油の入っていたらしい竹筒が見つかった。これは、そなたたちの偽装か」

「そうです。殿さまが火の元がここだと思われてはまずいというので、すぐ奴らが捨てていった竹筒を拾い、『増田屋』の物置に投げ入れて、付け火の痕跡を残しました」

「そういうわけだったのか」

「卓蔵という男を殺したのはおまえか」

京之進が口をはさんだ。

「へえ。屋敷の焼跡の様子を窺っていた男が押し込んで来た男のひとりに似ていたのであとをつけたんです。隠れ家を見つけようとしたんですが、両国橋を渡って大川沿いを吾妻橋に向かう途中、御厩河岸の渡し場を過ぎた辺りで尾行に気づかれてしまいました。それで、争いになり、匕首で刺して大川に投げ込みました」

「その後も、おまえたちは何かを警戒していたな。何を警戒していたんだ？」

京之進がなおもきいた。

「あの三人は助五郎のことを知って押し入ったんです。この屋敷のどこかに埋められているのを知っている。火を放ったのも、それを探るためだと思いました。夜になったら忍び込んで来て死体を探すつもりに違いないと思い、仮小屋に泊り込んで警戒していました。殿さまの命令でもありましたが」

「だが、おまえたちのほうが先に死体を掘り起こして十万坪に捨てに行った。なぜだ？」

「屋敷に埋めておくことが出来なくなったんです。屋敷の普請で、死体を埋めた場所も土が掘られることになった。それでどこかに移さなくてはならなくなったんですよ」

「土蔵にあった武具などを大八車に積んで古道具屋に持って行ったのは、死体を運ぶ前に、町方や火盗改めの動きを探るためか」

剣一郎が確かめる。

「そうです。それと、三人組の仲間がつけて来るかもしれない。そうしたら、ひと気のない場所に誘い出して始末してしまおうと思ってました」

「十万坪に現れた年寄りが扇蔵だな」

「そうです。前の日、大八車をつけてきた男がおりました。その男は十万坪の入口で危険を察したのか引き返してしまった。だが、必ず出直してくると待ち構えていたら、扇蔵がやって来ました。すっかり年をとってしまってましたが、扇蔵だとすぐわかりました。以前に何度か会ったことがありますから。あの場で、襲おうとしたんですが、青柳さまがやって来たので、手出しが出来ませんでした」

「それで、駕籠を尾行していったのか」

「そうです。金で雇った食いっぱぐれ浪人にあとをつけさせ、ひと気のないところで殺るように頼みました。でも、邪魔が入って失敗しちまいやした」

和之助は自嘲気味に口許を歪めた。

「いままで話したことは、西田どのも知っているのか」

「へい。報告はしています」

「そうか」

すべて西田主水が陰で糸を引いていたのであろう。

「扇蔵の住いはどこかわかるか」

「いえ、隠居して本所で暮らしていると聞いたことがありますが、詳しいことはわかりません」

「そうか。よし、わかった。そうそう、もうひとつ、浪人たちのことだ。浪人の名と居場所を言うのだ」

「へい」

「京之進、浪人のほうも頼んだ」

「畏まりました」

剣一郎はあとを京之進に任せ、扇蔵を探しに本所に向かった。

三

その頃、駿河台の第二の火盗改めの役宅ではお頭の横瀬藤之進が厳しい顔で詮議所から居間に戻って来た。

筆頭与力の富田治兵衛とともに大江伝蔵も部屋に入った。

「お頭。こうなったら拷問をしてでも吐かせるべきではありませせぬか。女とて容赦はしていられません」

いきなり、治兵衛がいらだったように訴えた。

「富田さま。あの女はたとえ拷問を受けても喋るとは思えませぬが」

伝蔵は異を唱えた。

玉吉を拷問にかけたことが伝蔵を苦しめている。結果的には嘘の自白をさせたことになっているのだ。さらに、同心の下田道次郎の話では、玉吉はいまだに家から一歩も外に出ることが出来ず、常に怯えたような暮らしをしているという。

いままで拷問をしたのは極悪人ばかりだった。尋常なことではほんとうのことを言わない狡猾《こうかつ》な者たちを相手にしてきた。

だが、玉吉はそういう人間とは違った。伝助のことをききだすために拷問という手段に打って出たのだが、肝心の伝助自身に無実の公算が大きいのだ。

明らかに見込み違いだ。なぜ、こうなったのか。青痣与力に対する異常なほどの敵愾心が真実を見る目を曇らせ、誤った探索に向かわせている。伝蔵はそんな危惧《きぐ》を抱いていた。道次郎の話では、青痣与力が目を向けているのはまったく別のものらしい。もし、そうなら、田丸寿太郎の母親を拷問にかけるということは、玉吉の二の舞を演じることになりかねない。

「母親なら、寿太郎が入れ揚げていた女を知っていたはずだ。そのことを口にしようとしないのは何かやましいことがある証拠だ」

治兵衛は息巻いて言う。

お頭の心を先読みし、治兵衛はお頭の思いを果たそうとして動く。治兵衛が青痣与力に敵対するのも、お頭の心を慮《おもんぱか》ってのことでしかない。

「伝蔵。そなたがやれ」

治兵衛は無慈悲に言う。

「西田主水どのの屋敷に押し込んだのは命知らずのならず者だ。寿太郎が入れ揚げていた料理屋の女ならそういう人間を知っていてもおかしくない」

「お言葉ですが、そうだったとしても、母親がその女のことを知っているとは限らないのではありませんか」

「よいか。勘定奉行勝手方の不正事件では田丸寿太郎のみが罪をかぶった。だが、西田主水に関しても不審な動きがあったことは、その後の調べでわかった。あの母親は息子の敵を討つために、料理屋の女と手を組み……」

廊下をあわただしく駆けて来た足音が部屋の前で止まり、治兵衛は話を中断した。

「失礼します」

声がかかり、障子を開けたのは下田道次郎であった。

「火急のお知らせゆえ、ご無礼をご容赦ください。さっき、南町の同心が西田主水の若党と中間を捕らえ、大番屋に連行しました」

「なに、若党と中間とな」

横瀬藤之進が拳を握り締めた。

「なぜ、だ？」

治兵衛が怒ったようにきいた。

「十万坪で死体が発見されました。その死体を西田主水の屋敷から大八車で運んだのが若党と中間ということです」

「大八車……」

あっと、伝蔵は声を上げそうになった。自分はあの大八車のあとをつけて声までかけて荷を確かめた。

そうか、あの荷は目晦《めくら》ましで、その後に死体を運んだのかもしれないと、伝蔵は舌打ちした。

「伝蔵。すぐに南町の動きを調べるのだ」

横瀬藤之進が命じた。

「はっ」

伝蔵はすっくと立ち上がった。これで少なくとも寿太郎の母親に対する拷問は棚上げになるだろう。

そのことに安心をして、伝蔵は道次郎といっしょに役宅を飛び出した。

「ここに来て、南町の動きは激しさを増しています」

道次郎が歩きながら言う。

「どうやら、我らはとんでもない間違いをしていたのかもしれぬな」

少し間を置いてから、

「はい。私もそう思います」

と、道次郎は答えた。

それから四半刻（三十分）後に、南茅場町の大番屋に到着した。

戸口に近づいたとき、

「大江どの」

と、背後から声をかけられた。

振り返って、伝蔵はおやっと思った。

「そなたは、山脇どの」

本役の火盗改め与力の山脇竜太郎だった。組は違うとはいえ、同じ御先手組の与力であり、何度か顔を合わせたことがある。

「お待ちしていた。ここに来るだろうと思って」

「なぜ、そなたがここに?」

伝蔵は不審を持った。

「南町の同心に、西田主水の若党と中間を捕まえたわけを訊ねに来たのではないか」

「どうして、それを?」

「南町に頭を下げるおつもりか」

「いや、それは」

伝蔵は返答に詰まった。

「まずは、こちらへ」

竜太郎は先に立ち、日本橋川の川岸に向かった。

対岸の小網町の鎧《よろい》河岸まで渡し船が通っている。その船着場が少し先に見えた。

「半年前、通旅籠町の『樽見屋』に押込みが入り、主人夫婦と番頭らが斬殺され、二千両を奪われるという事件が起きた」

いきなり、竜太郎が話しだした。

「押し込んだのは黒猿の助五郎一味だ。押込みから二日後、密告があり、我らは一味の隠れ家を急襲した。そこにいた一味全員を斬り殺したが、助五郎と仲間の扇蔵、二千両はなかった」

「何が言いたいのだ？」

伝蔵は訝った。

「最後まで聞くのだ。我らは、助五郎が一味を売り、二千両を奪って逐電《ちくでん》したと思った。その後、助五郎の行方は杳《よう》として知れなかった。ところが、きのう、深川の十万坪の荒れ地から助五郎の死体が発見された。死後、半年は経っていた」

「では西田主水の屋敷から持ちだされた死体は黒猿の助五郎だったというのか」

「そうだ。西田主水の屋敷が助五郎の隠れ家に利用されたのだ。ところが、西田主水が裏切り、助五郎を殺して庭に埋め、二千両を横取りした。そのことを疑った助五郎の仲間が西田主水の屋敷を襲った……」

伝蔵は歯嚙みをした。勘定奉行勝手方の不正事件に目を奪われ、事件の本質を見失っていた。大きな過ちを犯すところだった。

「今の話、間違いないのか」

「おそらくな。南町は若党と中間を取り調べている。さらに、押し入ったほうの探索も進んでいるだろう」

「無念だ。またしても、青痣与力に……」

伝蔵は拳を握りしめた。

「大江どの。火盗改めが出来ることはまだ残っている。西田主水どののことだ。南町が御徒目付を通して西田どのを取り調べるまで時間がかかる。その間に、そちらで西田どのを取り調べるのだ」

「なぜ、教えてくれたのだ？」

「同じ火盗改めとして、いつもいつも南町の後塵《こうじん》を拝することは我慢出来ないのだ。どうだ、我らに代わって西田どのを取り調べよ」

「それだけの理由か」

「もちろん、貸しを作ったことは覚えていてもらおう。それより、西田主水どのまで南町にもっていかれては、横瀬さまの顔も立つまい。早く、手を打つのだ」

「わかった。かたじけない。我がお頭によしなに伝えておく。ごめん」

伝蔵は竜太郎と別れ、駿河台に急いだ。

途中、道次郎に小川町の西田主水の妻女の実家に行くように告げ、伝蔵はひとりで駿河台の役宅に戻った。

再び、居間でお頭の横瀬藤之進と筆頭与力の富田治兵衛に、伝蔵は山脇竜太郎からきいたすべてを話した。

「まことか」

「信じられる話か」

藤之進と治兵衛が気色ばんできいた。

「はい。十万坪で発見された死体が黒猿の助五郎であることは山脇竜太郎どのが確かめたそうです。死後半年は経っている。つまり、『樽見屋』に押込みが入った頃です」

「田丸寿太郎の件は筋違いだったか」

藤之進が口許を歪めた。

「お頭。ただちに西田主水どのを」

治兵衛が焦ったように言う。

だが、藤之進はあわてずに、

「伝蔵。山脇竜太郎は大番屋の前で待っていたと言ったな」

「はい」

「そうか」

藤之進は自嘲ぎみに笑った。

「なぜ、山脇は自分たちの手柄にしようとせず、こっちに預けようとしたのか」

「山脇どのは貸しを作ったのだと」

「いや。これは青痣与力の差し金だ」

「青痣与力の？」

「そうだ。こっちの面子を潰さないようにという青痣の浅知恵だ。ばかな」

藤之進は北叟笑んでから、

「今回は俺たちの負けだ。だが、借りは作りたくない。よいか、西田主水の身柄をとり、事情を聞いたら小普請支配に引き渡せ。取調べは南町で行なうと申し添えてな」

「お頭。なぜ、そのようなことを？」

治兵衛が不満そうに口をはさんだ。

「よいのだ。これが青痣与力に対する俺の返答だ。治兵衛、さっそく西田主水の身柄確保の支度をせよ。伝蔵」

藤之進は立ち上がった。

「田丸寿太郎の母親のところに行く」

寿太郎の母親は身分の高い者を入れておく座敷牢に閉じこめられていた。そこでも母親は毅然とした態度を崩さなかった。

伝蔵は警護の者に母親を出すように言った。そして、出て来た母親に、伝蔵は丁重に声をかけた。

「どうぞ、こちらへ」

伝蔵は母親を白州の座敷へと導いた。

そこに藤之進が待っていた。いつもの取調べの様子と違うことに、母親は気づいたのか不審そうな顔になった。

「長い間、お引き止めいたしたが、そなたの疑いが晴れ申した。役儀とはいえご無礼の段、お許しを」

藤之進は切り出したあとで、

「最後に、お伺いしたいことがござる」

「はい」

「三年前の不正事件のとき、西田主水どのに何やら怪しい動きがあったことは事実。あなたはこのことをご存じでしたか」

一瞬の間があってから、

「私にはわかりません」

と、慎ましやかに答えた。

「そうですか。わかり申した。それから、もうひとつ。寿太郎どのが入れ揚げていたという料理屋の女のことです。どうしても見つかりませんでした。ほんとうに、そのような女がいたのでしょうか」

「…………」

「どうですか」

「わかりません」

「そうですか。ひょっとして、そのような女子はいなかったのではないかとも思ったものですから」

藤之進がきいた瞬間、母親の表情が強張った。

「もう結構です。この者に送らせます。伝蔵、『心源寺』までお送りしろ」

「はっ。畏まりました」

母親は元のような毅然とした態度で立ち上がった。

なぜ、このように毅然としていられるのか、改めて伝蔵は不思議に思った。嫁との軋轢《あつれき》の中で暮らしている自分の母親と無意識のうちに比べていた。

四

夕闇が迫る頃、剣一郎は本所の中之郷原庭町にやって来た。

扇蔵らしき年寄りが住んでいる場所を訊ねるため自身番に向かいかけたとき、すすっと近づいて来た者がいた。

文七だった。

「青柳さま。剣之助さまが出会ったという年寄りの住いがわかりました」

「なに、扇蔵が見つかったのか」

「名をご存じでしたか」

「やはり、扇蔵と名乗っているのか。黒猿の助五郎一味にいた男だ。いまは隠居暮しのはずだ。案内してもらおう」

「はい。こちらです」

文七のあとに従い、寺の横道を入ると、民家が続き、その奥に一軒家が見えて来た。

「あの家です」

文七は指さした。

「近所の者の話では、図体《ずうたい》の大きな男がときたま家から出て来て、井戸で水をくんだり、薪を割ったりしているそうです」

「…………」

伝助らしいが、伝助だとすると何をしているのか。まさか、扇蔵の仲間になったとでもいうのか。

「それから、医者が出入りをしているそうです」

「医者？」

仙八だ、と思った。仙八は和之助に腹を刺されたのだ。

「いま、扇蔵はいるようか」

「いると思います」

「よし」

中にいるのは年寄りの扇蔵に怪我をしている仙八、それに伝助と音次だ。歯向かってくるとすれば、音次だけだ。

そのことを文七に話してから、剣一郎は扇蔵の家に向かった。

格子戸の前に立ち、剣一郎は中の様子を窺う。静かだった。

戸を開けて、薄暗い土間に足を踏み入れた。

「ごめん。誰かおらぬか」

剣一郎は奥に向かって声をかけた。

しばらくして、一昨日の年寄りが出て来た。剣一郎に気づくと、あっと声を上げた。

「これは青柳さま。やはり、ここへ」

「私のことに気づいておったのか」

「それはもう、その左頰を見ればあっしたちには鬼より怖い青痣与力だとすぐわかりました」

「そうか。そなたは扇蔵か」

「はい。扇蔵にございます。助五郎の死体が見つかったそうにございますね」

「知っていたか。そなたが一昨日立っていた場所から二十間ほど先に埋められていた」

「そうでしたか。助五郎親分が仲間を売り、盗んだ金を独り占めにするとは信じられませんでした。これで、親分の汚名も雪《そそ》がれ、成仏《じょうぶつ》出来るでしょう」

扇蔵はしんみり言った。

「いろいろきかねばならぬことがあるが、その前に伝助のことを知りたい。伝助はここにいるのか」

「おります。どうぞ」

扇蔵は上がるように言った。

剣一郎は刀を腰から外し、右手に持って部屋に上がった。

小さな庭に面した部屋に入り、剣一郎はあっと声を上げた。

「これは……」

ひとりの男がふとんに横たわっていた。顔は土気色で、頬はげっそりとしていた。呼吸が荒かった。

「仙八か」

剣一郎はきいた。

「はい。仙八にございます」

仙八の枕元にふたりの男がいた。ひとりは紛れもない、伝助だった。伝助は無事だった。そして、もうひとりの男は音次であろう。

剣一郎はそこに腰をおろした。

「お医者さまはもって数日だろうと仰っています」

扇蔵がしんみりと言う。

「西田主水の屋敷に押し入ったときに受けた傷のせいか」

「さようでございます。私が、仙八たちにお願いをしたばかりに……」

「伝助はどうしてここにいるのだ？」

剣一郎が伝助に声をかけると、伝助は鈍重な目を向けた。

「仙八さんの世話をするためです」

伝助の声が沈んでいるのは、仙八が死にかけているからであろう。

「あの夜、何があったのだ？　どうして、ここにいるのだ？」

「はい。あの夜は、その……」

口ごもったのは、伝助はうまく言えないからだ。助け船を出すように、横にいた音次と思える若い男が口を開いた。

「仙八兄貴が刺されたので、あっしたちは兄貴を支えて柳原の土手に向かった。そのとき、伝助さんが走って来た。あとでわかったんですが、『増田屋』に駆けつけるところだったそうです。でも、もう火の手は激しくなっていて近づけません。伝助さんは兄貴が動けないのを見て、背負ってくれていっしょに逃げてくれたんです」

「そう、ここまで仙八を連れて来てくれた。それからも、熱心に看病をしてくれた。

あっしたちが何をしたかなど、きこうとせずにね」

扇蔵が口を添えた。

「違います。どこにも行く当てがなかったのでここに置いてもらったんです」

伝助が真顔で言う。

「青柳さま。伝助はあっしらの仲間じゃありません。ほんとうに純粋な気持ちで仙八の看病をしてくれたんです」

扇蔵は仲間ではないと強調した。

「わかっている」

剣一郎は答えた。

仙八が何か言っている。扇蔵が枕元に行き、耳を近づけた。

「助五郎……」

助五郎の死体のことを気にしているのか。

「見つかったぞ。助五郎の死体は見つかった。汚名は雪がれた。もう何の心配もいらない。仙八、礼を言うぞ」

扇蔵が語りかけた。

一瞬、仙八が笑みを浮かべたような気がした。

「音次。お医者さんを呼んで来てくれ」

扇蔵が音次に声をかけ、すぐに剣一郎に顔を向けた。

「決して逃げ出したりしません」

「うむ」

剣一郎が頷くと、音次は部屋を出て行った。

「青柳さま。音次は私らに何もわからないまま従っただけなんです。なんとかご慈悲を願えましたら」

扇蔵が枕元からこっちにやって来て言った。

「心に留めておく」

「ありがとうございます」

「仙八とはどのような関係なのだ？」

「五年ほど前です。私が隠居したときですから。助五郎親分と久し振りに呑みに行った帰り、小名木川のそばで簀巻《すま》きにされて川に放りこまれそうになった男を助けました。それが仙八でした。いかさまがばれて殺されそうになったのです。それだけです。その後、自分を助けてくれた男が黒猿の助五郎だと知り、ずっと恩誼《おんぎ》を感じていたそうです。まあ、極道な男にもそれなりの思いはあるんです」

扇蔵はふと表情をきつくして、

「その助五郎が手下を売り、盗んだ金を独り占めしたという噂を聞き、仙八は私を訪ねて来た。助五郎親分はそんな男ではないとむきになりましてね。私も同じ思いでしたからひそかに調べたんですよ」

扇蔵は息継ぎをした。

「黒猿の助五郎のやり口は押込み先の近くに隠れ家を用意して犯行に及ぶというものでした。火盗改めがその場所を探したが見つからなかったという。ひょっとして旗本屋敷の中間部屋ではないかと見当をつけ、押込み先周辺の旗本屋敷を探っていたんです。そうしたら、西田主水の屋敷から見覚えのある侍が出て来た。和之助ですよ。人手が足りないとき、和之助に手伝ってもらっていた仲でした。ぴんと来ました。それから、仙八とふたりで調べた結論は、助五郎親分は殺されて、あの屋敷のどこかに埋められているということでした」

「なるほど、そういうわけだったか」

剣一郎は納得した。

物音がした。医者がやって来たらしい。

音次と町医者が部屋に入って来た。

剣一郎は立ち上がり、入れ代わって部屋を出た。

格子戸を開けて外に出ると、文七が近づいて来た。あたりはすっかり暗くなっていた。

「すべて白状した。伝助は無事だ」

中の様子を話してから、

「すまぬが京之進を呼んで来てもらいたい」

と、命じた。

「ただし、近くで待機するようにと」

「畏まりました」

文七は着流しの裾をつまんで走って行った。

しばらくして、医者が出て来た。

「病人はいかがか」

医者は首を横に振った。

「よくきょうまで頑張ったと思います。傷口が深すぎました。伝助さんが親身になって世話をしていましたが……」

「そうか」

「失礼します」

医者は去って行った。

剣一郎は家の中に戻った。

仙八が手を上げた。その手を伝助が摑んだ。

「仙八さん。伝助はここにおります」

伝助が耳元で叫ぶ。

「ありがとうよ」

仙八の唇はそう言っていた。

「お医者さんは今夜が山だと……」

扇蔵が仙八を見やりながら言う。

「不思議なものです。たくさんのひとの命を平気で奪って来たのに、たったひとりの男の生死にこれほど胸が痛むとは」

「身内は皆そうだ。そなたたちが無残に殺して来た罪のない者たちの家族はどんなに悲嘆にくれたことであろう」

「はい」

頷いてから、

「青柳さま。どうか、皆で仙八を看取らせてくださいませぬか。そうしたら、おとなしく縛《ばく》に就きます。付け火によって大火事を引き起こした罪、逃れようにも逃れられません。ただ、音次はふたりにくっついていただけ。どうか、お情けを」

「わかった。心置きなく看取ってやれ」

「ありがとうございます」

仙八が息を引き取ったのは、それから半刻（一時間）後だった。

「仙八さん」

伝助が仙八にしがみついた。

「兄貴」

音次が叫んだ。

「仙八。俺もすぐ行く。先に行ってお頭の助五郎と俺の悪口でも言って待っててくれ」

扇蔵は目頭をこすった。

自分が看病をしてきたので、伝助は思いが人一倍強かったのだろう。火事のときに出会っただけの仙八の死に大粒の涙を流していた。

それだけの縁《えん》でしかなかった男も悲嘆にくれている。いわんや、たったひとりの息子を失った母親が、どうして嘆き悲しまないわけがあろう。

剣一郎は田丸寿太郎の母親に思いを馳せた。

五

翌日、剣一郎は伝助を連れて、浅草阿部川町の玉吉の長屋に行った。

玉吉は相変わらず薄暗い部屋の中で仕事をしていた。外に出るのは厠に行くときだけらしい。

伝助は土間に入った。玉吉は一心不乱に竹を編んでいる。

「玉吉さん」

伝助が呼びかけた。

玉吉は一瞬手を止めたが、すぐにそのままの姿勢で作業を続けた。

「玉吉さん。伝助です」

玉吉の手が止まった。

しばらく固まったように動かなかったが、やがておもむろに顔を上げた。

「玉吉さん」

伝助はしゃがんで上がり框《かまち》に手をついた。

玉吉は虚ろな目を向けていた。その目が急にぱちくりしだした。

「伝助さん。伝助さんか」

玉吉が腰を浮かした。

「そうです。伝助です。ご心配をおかけしました」

玉吉が這うように伝助のそばにやって来た。

「無事か。無事だったか」

目をしばたたかせ、玉吉はよかった、よかったとくり返した。

「すいません。私のためにひどい目に遭わせてしまって。そんなこと、ちっとも知らなくて」

「とんでもねえ。俺のほうこそ、伝助さんを貶めるような嘘をついちまった。なんて詫びていいかわからねえ」

「何を言うんですか。それは玉吉さんのせいじゃありませんよ」

ふたりのやりとりを聞いていたが、剣一郎は静かに土間を出た。

「青柳さま。ありがとうございました。死んだようだった玉吉の顔に生気が蘇っています。きっと、これで玉吉も回復してくれると思います」

路地で待っていた大家が頭を下げた。

「うむ。よかった」

剣一郎は伝助のことを話した。

「伝助はある怪我人の看病をしていたのだ。その怪我人は看病の甲斐《かい》がなくきのう息を引き取った。縁《ゆかり》も所縁もない人間に親身になって看病していた。他のことを考える余裕もなかったようだ」

「そうだったんですか。ともかく、伝助さんも無事でようございました」

「うむ。では、あとを頼んだ」

「はい」

剣一郎は長屋木戸を出た。

そこに若い武士が立っていた。火盗改め同心の下田道次郎だ。

「青柳さま。玉吉はいかがでしょうか」

心配そうな顔できいた。

「伝助の無事な姿を見て、表情に生気が戻った。元気を取り戻すだろう」

「そうですか」

道次郎は安堵のため息を漏らした。

だが、すぐ苦しげな顔をして、

「出来ることなら、私が伝助を探し出したかった。それが、叶わず残念です。青柳さまのご温情にも報いることが出来ず、忸怩《じくじ》たる思いでおります」

「そなたの立場では仕方ないこと。気にする必要はない。こうして、玉吉のことを心配してやって来たのだ。今後も、その気持ちを忘れずに任務に励むことだ」

「はい」

「玉吉に会ってもだいじょうぶでしょうか」

「そなたの気の済むようにしたらいい」

「はい」

道次郎は表情を輝かせた。

「では」

剣一郎が立ち去ろうとしたとき、

「あっ、青柳さま」

道次郎が呼び止めた。

「何か」

「田丸寿太郎の母親は『心源寺』にお帰りになりました」

「そうか。戻ったか」

「それから、お頭の命令で、西田主水どのを小普請支配に引き渡し、取調べを南町で行なうように伝えるそうです」

「なに、横瀬どのの手で取調べをするのではないのか」

「いえ。我らはこの事件から一切手を引くことになりました」

「そうか。手を引くのか」

剣一郎は覚えず眉根を寄せた。

「はい。お頭は、今回は俺たちの負けだと口にしたそうにございます。あっ、よけいなことを。では、失礼します」

道次郎は長屋に入って行った。

新堀川沿いを歩きながら、剣一郎は横瀬藤之進に思いを馳せた。

剣一郎が企んだことだと、横瀬藤之進は見抜いたに違いない。借りを作るくらいなら、潔く負ける。藤之進の矜持《きょうじ》がそこに覗いた。

だが、それは逆にこれからも剣一郎に闘いを挑んでくるという気持ちの表れだ。覚えず、剣一郎はため息をついた。

その日の午後、剣一郎は入谷の『心源寺』に向かった。

先日も会った寺僧に訊ねると、母親は帰ってそうそう阿弥陀堂に籠もったという。

剣一郎は本堂の裏手にあるお堂に向かった。

扉を開けると、本尊の前に寿太郎の母親光江が座っていた。

「少しよろしいでしょうか」

剣一郎は声をかけた。

数珠を手にした光江が振り向いた。

「青柳さま。どうぞ」

「失礼いたします」

剣一郎は差し向かいになった。

「火盗改めの役宅に留め置かれたとのこと。お体のほうはだいじょうぶですか」

「はい。おかげさまで」

「三年前の寿太郎どのの不正事件に絡み、あなたと寿太郎どのが親しくしていた女子が手を組み、寿太郎どのひとりに罪をかぶせた西田主水どのに復讐をしたと、火盗改めは考えたようですね」

「はい。まったく根も葉もないこと」

「私は不正事件の詳細を調べ、改めて事件を振り返ってみました。そのように思い立ったのは西田主水どのに対する云々《うんぬん》からではありません。あなたが、まことに凜《りん》とした姿勢を崩さず、こうしてお堂に御籠りになられている姿に打たれたからです」

「………」

「ふつうなら、直参の矜持を失い、己の身勝手な欲望のために不正を働いた息子の罪を恥じながらも、息子を失った哀しみに打ち震える毎日を送っているのでないのか。それなのに、あなたは気高く生きていらっしゃる。なぜなのか」

「ここに籠もっていると、倅の寿太郎が現れてくるのです。ここでは、寿太郎は生きているのです。ですから、哀しみも寂しさもありません」

気高い母親の言葉はどこにも誇張《こちょう》や飾りはないように思えた。だが、剣一郎は静かに首を横に振った。

「私には、いまのあなたがありのままのあなたであるとは思えません」

「私は私です」

「いえ、あなたは自分をごまかしています」

「まあ、どうしてそう思われるのでしょうか」

光江は口許に穏やかな笑みを浮かべた。

「それがあなたの寿太郎どのに対する罪滅ぼしだからではありませぬか？」

「これは異なことを？　罪滅ぼしとは、どのようなことでありましょう。まるで、私が寿太郎を死に追いやったかのような言い条」

「寿太郎どのが死を選んだのは自らの意志であり、誰からも強要されたものではありません。ですが、あなたは責任を感じている。違いますか」

　剣一郎は心を鬼にして、

「田丸家は代々御徒衆であったそうですね。将軍家御成《おな》りに際しての警護を担うことに誇りを持ち、祖父の代には御徒頭支配になられたとか。あなたの夫君もまた武士としての矜持を持ったお方で……」

「青柳さま。申し訳ございません。そのような話は私にはもう無用にございます。すでに、田丸家は廃絶。昔のことはいまの私とは関係ないこと」

　光江は冷たい声で口をはさんだ。

「失礼しました。私が何を言いたかったのかと言えば、寿太郎どのも代々の血を受け継ぎ、直参の矜持を保ち、実直な人間であるということです」

「いまさら、寿太郎の話をしても詮ないこと。たとえ不正を働いた人間だったとしても、寿太郎は私の心の中で田丸家の人間として生き続けております。私はそれで十分なのでございます」

光江はそう言い、目を伏せた。

「私は確信を持っております。寿太郎どのが田丸家の体面に泥を塗るような真似をするはずはないし、またそれ以前に不正を糺《ただ》すことがあっても、自ら不正を働くことは絶対にあり得ないと」

「………」

「寿太郎どのは学問吟味を受けて合格し、勘定奉行勝手方の役人になった。もはや、武によって奉公する時代ではないと思ったからでしょう。あるいは、寿太郎どのには武より算盤《そろばん》のほうが合っていたのかもしれません。しかし、田丸家に代々伝わる武士の矜持は決して失われはしなかった」

「………」

「そう考えたとき、あの不正事件の真実が見えて来ました。遺書にあった、入れ揚げていた料理屋の女の件が嘘だとしたら、不正をやったという告白自体も疑わしくなる」

「おやめください」

はじめて、光江は厳しい表情になった。

「どうぞ、もうおやめください。寿太郎との静かな日々を揺り動かすような真似はどうぞ、おやめください」

「もちろん、昔の事件を蒸し返すつもりはありません。それに、すべて寿太郎どのが真実をあの世に持って行ってしまったのですから。ただ、あなたのために、どうしても言っておきたいのです」

「………………」

光江の顔色が変わった。口をわななかせたが、声にはならなかった。

「寿太郎どのは不正を働いていない。そうですね」

「いえ、寿太郎は……」

「あなたは、自分の息子を誇りに思っているはず。違いますか。だから、あなたは深い哀しみを乗り越え、気丈に振る舞うことが出来たのです」

「………………」

「三年前の不正事件の発覚は密告でした。支配勘定の田丸寿太郎が火事で焼失した西丸御殿の建築費の一部を着服しているとの文が投げ込まれた。ですが、密告の主はわからなかったそうです」

剣一郎が顔を凝視すると、光江は目を伏せた。

「密告の主は寿太郎どのではなかったのでしょうか」

光江がはっとしたように顔を上げた。

「自分の不正を自分が密告するはずがない。西丸御殿の再建で、材木商から勘定組頭、果ては勘定奉行までも巻き込んだ一大不正が行なわれようとしていたのではないですか。そのことを知った寿太郎どのは西田主水どのに不正をやめさせるように訴えた。だが、聞く耳は持たない。しかし、不正に加担することは出来ない。かといって、勘定吟味役に訴えることは上役をはじめ朋輩を裏切ることになる。そこで、寿太郎どののとった行動とは……」

「お止めください」

光江は手をついた。

「どうぞ、それ以上は……」

「いえ、お聞きください。寿太郎どのは自ら帳簿を改竄し、五百両をごまかした痕跡を作った上で勘定吟味役に密告したのです。その密告によって、勘定奉行勝手方に調べが入った。そして、寿太郎どのの不正が発覚した。だが、影響は思わぬところにも及んだ。勘定吟味役の目が光ることによって、勘定奉行や勘定組頭の西田どのたちは自分たちの企てを実行に移すことが出来なくなった」

光江はそれまでの冷静さが嘘のように動揺をしていた。

「あなたは、寿太郎どのの気持ちをご存じでしたね。あなたが、そのように仕向けたとは思いません。ですが、あなたは寿太郎どのの行為を、よくやったと思ったのではありませんか」

光江は目を見開いていた。

「いまとなっては、そのことを証明することは難しい。西田どのを問い詰めてもほんとうのことは喋りますまい。ことは勘定奉行にまで及ぶ問題を糾弾《きゆうだん》することはもはや不可能です。だが、寿太郎どのの思いを知っている人間がいてもいいのではありませんか。あなたがひとりで秘密を抱えていかなくとも」

体が崩れそうになり、光江は床に手をついて支えた。

その激しい動揺が、剣一郎の考えが間違っていないことを物語っていた。

「あなたは、きょうまで気を張って生きて来たのだと思います。ですが、あなたは自分の心を偽っています。また忠義というものをはき違えているといってもいい。自分だけが犠牲になるのが忠義ではありません。身命を賭して守ったのは誰ですか。ご公儀はあなたに何をしてくれましたか。それより、西田どのはまた新たな罪を犯しました。あなたが結果的に守って来た相手は新たな罪を犯しているのです。寿太郎どのは、それを知ったら喜ぶでしょうか」

「青柳さまは私が間違っていると」

「はい。間違っています。あなたは母親として、寿太郎どののやったことを世間に訴えるべきだと思います。我が身を犠牲にして大きな不正を防いだ忠義の心を人びとにわかってもらうべきです。寿太郎どののためにも。そして、田丸家の名誉のためにも。このままでは、あなたがいなくなれば、真実を知る者が誰もいなくなってしまいます」

「…………」

「あなたはもう武士の母からただの母に戻るべきだと思います。寿太郎どのを失った哀しみを素直に受け入れるべきです。そして、新たな生き方を選んでください。勝手なことばかり、一方的に喋ってしまいました。お許しください」

剣一郎は別れの挨拶をして立ち上がった。

扉を開けて外に出た。

そのとき、堂内から嗚咽《おえつ》が漏れた。光江の声だ。やがて、泣き声が号泣に変わった。床に突っ伏して泣いているのだ。

寿太郎の死にはじめて涙を流したのに違いない。いままでたまっていたものをすべて吐き出すような泣き声だった。はじめて、ふつうの母親に戻った瞬間だった。

六

夕方、奉行所に戻った剣一郎は宇野清左衛門に呼ばれ、すぐに年番方の部屋に向かった。途中、廊下で吟味与力の橋尾左門と出会った。

「青柳どの」

黙礼をしてすれ違おうとしたとき、左門が呼び止めた。

屋敷に遊びに来たときの砕けた態度ではなく、いつも奉行所で見せる厳めしい顔で、左門は口を開いた。

「伝助が見つかったそうだな」

剣之助から左門に伝えるように話してあった。

「無事だった」

「まさか、付け火をした男の看病をしていたなどと、考えられぬ男だ」

「さよう。伝助は変わった男というより純粋過ぎるのだ。そこを理解しない限り、あのような男が関わった事件を裁くのは難しい」

「うむ。そうだの」

「これから、忙しくなるな。和之助たちばかりでなく、扇蔵と音次の吟味もはじまる」

「そうだ。心して、吟味に当たる」

最後まで厳しい表情を崩さずに、左門は去って行った。

改めて、剣一郎は宇野清左衛門のところに行った。

清左衛門は待ちかねたように立ち上がり、剣一郎を隣の空き部屋に招いた。

差し向かいになるなり、清左衛門が切り出した。

「青柳どの。最前、小普請支配の畠山《はたけやま》どのの使者が参られた。旗本西田主水どのは今朝未明、本郷にある菩提寺の西田家の墓前で切腹して果てたとのこと」

衝撃が走ったのは一瞬だけで、ひょっとしたらこうなるのではないかと予期していた自分に気づいた。

黒猿の助五郎を殺害し、二千両を奪った罪は重く、どのみち縄目《なわめ》の恥から逃れることは出来ず、場合によっては切腹が許されず斬首《ざんしゅ》の刑を受けるかもしれない。その前に腹を切ることは十分に考えられた。

「そうですか。遺書は?」

弁明に終始した内容が記されているに違いない。ところが、清左衛門は声を上擦らせて続けた。

「三年前の勘定奉行勝手方支配勘定田丸寿太郎に絡む不正事件の真相が語られていた」

「まことですか」

「そうだ。あの当時、西丸御殿再建に絡み、勘定奉行と勘定組頭、そしてある材木商を中心として不正が行なわれようとした。それを阻止するために、自らを犠牲にして田丸寿太郎が不正を防ごうとした。そういう内容が記されていたようだ」

「西田どのがそこまで……」

よくそこまで打ち明けてくれたと剣一郎は思った。

だが、あの田丸寿太郎の不正事件で処罰を受けたのは監督不行き届きの西田主水だけであり、勘定奉行には累が及ばなかった。

そのことに、西田主水は不満を覚えていたのかもしれない。ある意味、勘定奉行に対する復讐だったのかもしれない。

「このことを受けて、御徒目付は勘定吟味役と手を組んで、事件の再調査をすることになり、奉行所にも協力の要請が来た」

「そうですか」

これで田丸寿太郎の名誉が回復されるかもしれないが、仮に、名誉が回復されても、田丸家を再興する後継者はいない。そのことが切なかった。

「西田どのの子息はすでに他家への養子縁組を済ませているそうだ」

西田家は廃絶になっても子息には影響はない。

「青柳どの。ご苦労であった」

「いえ」

剣一郎は清左衛門の元から辞去した。

翌日、剣一郎は浅草阿部川町の玉吉の長屋を訪れた。

長屋木戸を入り、路地に入って行くと、玉吉の住いから『増田屋』の主人の幸兵衛が悄然《しょうぜん》として出て来た。

「これは青柳さま」

剣一郎に気づいて、幸兵衛は頭を下げた。

「伝助に会いに来たのか」

「はい。伝助にもう一度、『増田屋』で働いてもらえないかと思いまして」

「どうだった？」

「断られました。いつまでも玉吉さんの世話になってはいられないだろうと言ったのですが……。そんなに玉吉さんがいいのか」

「いや、それだけではないだろう」

「えっ」

「出よう」

剣一郎は幸兵衛を新堀川沿いに連れて行った。

「幸兵衛。なぜ、伝助をもう一度雇おうとしたのだ。伝助は居間から五十両を盗んだ男ではないか。そんな人間をなぜもう一度雇おうとする？」

「それは……」

幸兵衛は言いよどんだが、すぐに、

「あれは私の勘違いでございました。ですから、伝助は五十両を盗んでいないのです」

「それで、伝助は納得すると思うか」

「……」

「誰が考えても、商人のそなたが五十両もの金を伝助に預かってもらっていたのを忘れたとは信じまい。伝助を助けるために、そなたがあえて勘違いということにしたと思っているはずだ。違うか」

「は、はい」

幸兵衛は俯いた。

「つまり、店の者は皆、伝助が五十両を盗んだと思っている。そんなところで、伝助がもう一度働けると思うか」

幸兵衛は喘ぎながら口を開いたが、声にならなかった。

「そなたは伝助に償いの意味で、勘違いだったと訴え、さらに再び雇おうとした。だが、そんなものは伝助にとって何の意味もなさないのだ。わかるか」

幸兵衛は力なく頷いた。

「おそらく、伝助は居間から五十両を盗んだのが誰だか知っている。いや、その者から五十両を預かり、自分の荷物の中に隠したのだ。だが、伝助はそのことを口にしようとしない。自分が疑われているのにだ。そなたは、そのことを知っているな。つまり真犯人を知っている。だから、伝助に手を差し伸べようとしたのだ。違うか」

「はい。恐れ入りましてございます」

「五十両を盗んだのは息子の孝助だな」

「はい。孝助でございました。酒席から抜け出し、居間にあった五十両を盗んだのです。ところが、あとになって大騒ぎになると怖くなって、五十両を伝助に渡したのです。最初、私はほんとうに伝助の仕業だと思っていました。ところが、吟味がはじまる段になって、孝助が打ち明けたのでございます」

幸兵衛は喉を詰まらせながら続けた。

「私が浅はかでございました。伜を守りたいばかりに伝助に濡れ衣を着せて……」

「伝助は出牢した日、『増田屋』の近くまで行った。伝助も、ほんとうは自分の帰る場所は『増田屋』だと思っていたのではないか。だが、疑われたままであることを考えると、足を踏み入れることが出来なかったのだ」

「そうでございましたか。わかりました。店の者にほんとうのことを話し、伝助には孝助といっしょに詫びに行きます」

「そうするのだ」

「わかりました。さっそく今夜にでも奉公人に話し、明日、孝助と共に伝助を迎えに行きます。ありがとうございました」

何度も振り返っては頭を下げて、幸兵衛は引き上げて行った。

剣一郎は改めて長屋に向かった。

玉吉の住いに行くと、伝助が傍らで玉吉の手伝いをしていた。

「これは青柳さま」

玉吉が元気のいい声を出した。

「精が出るな」

「へい。伝助さんといっしょだと仕事も捗《はかど》ります」

「いま、『増田屋』の幸兵衛が来たな」

剣一郎は伝助にきいた。

「店に戻ってもらいたいそうだ」

「いえ、私は……」

伝助は首を横に振った。

「幸兵衛はそなたが無実であることを店の者に伝え、明日にでも孝助といっしょに迎えに来ると言っていた」

「伝助さん。よかったじゃないか」

玉吉が相好《そうごう》を崩して言った。

伝助がにこっとした。ほんとうは伝助も『増田屋』に帰りたいのだとわかった。いつまでも玉吉に迷惑をかけられないと思っていたこともあろう。

「伝助。よく考えることだ。玉吉、邪魔をした」

剣一郎は土間を出た。

春の息吹を感じながら、剣一郎は浅草から入谷に向かった。

『心源寺』にいる田丸寿太郎の母親に西田主水が遺書を残して死んだことを教えるためだ。寿太郎の名誉が回復されることを、ひと言伝えておきたかった。

黒猿

一〇〇字書評

切り取り線

購買動機（新聞、雑誌名を記入するか、あるいは○をつけてください）

□（　　　　　　　　　　　　　　）の広告を見て
□（　　　　　　　　　　　　　　）の書評を見て
□ 知人のすすめで　　□ タイトルに惹かれて
□ カバーが良かったから　　□ 内容が面白そうだから
□ 好きな作家だから　　□ 好きな分野の本だから

・最近、最も感銘を受けた作品名をお書き下さい

・あなたのお好きな作家名をお書き下さい

・その他、ご要望がありましたらお書き下さい

住所	〒				
氏名		職業		年齢	
Eメール	※携帯には配信できません		新刊情報等のメール配信を 希望する・しない		

この本の感想を、編集部までお寄せいただけたらありがたく存じます。今後の企画の参考にさせていただきます。Eメールでも結構です。

いただいた「一〇〇字書評」は、新聞・雑誌等に紹介させていただくことがあります。その場合はお礼として特製図書カードを差し上げます。

前ページの原稿用紙に書評をお書きの上、切り取り、左記までお送り下さい。宛先の住所は不要です。

なお、ご記入いただいたお名前、ご住所等は、書評紹介の事前了解、謝礼のお届けのためだけに利用し、そのほかの目的のために利用することはありません。

〒一〇一-八七〇一
祥伝社文庫編集長　坂口芳和
電話　〇三（三二六五）二〇八〇

祥伝社ホームページの「ブックレビュー」からも、書き込めます。
http://www.shodensha.co.jp/bookreview/

祥伝社文庫

黒猿《くろましら》 風烈廻《ふうれつまわ》り与力《よりき》・青柳剣一郎《あおやぎけんいちろう》

平成 25 年 9 月 5 日　初版第 1 刷発行

著　者　小杉健治《こすぎけんじ》
発行者　竹内和芳
発行所　祥伝社《しょうでんしゃ》
東京都千代田区神田神保町 3-3
〒 101-8701
電話　03（3265）2081（販売部）
電話　03（3265）2080（編集部）
電話　03（3265）3622（業務部）
http://www.shodensha.co.jp/
印刷所　堀内印刷
製本所　ナショナル製本
カバーフォーマットデザイン　中原達治

Printed in Japan ©2013, Kenji Kosugi ISBN978-4-396-33874-9 C0193

祥伝社文庫の好評既刊

祥伝社文庫の好評既刊

祥伝社文庫の好評既刊

小杉健治　**春嵐（下）**　風烈廻り与力・青柳剣一郎⑲

事件は福井藩の陰謀を孕《はら》み、南町奉行所をも揺るがす一大事に！　巨悪に立ち向かう剣一郎の裁きやいかに？

小杉健治　**夏炎《かえん》**　風烈廻り与力・青柳剣一郎⑳

残暑の中、市中で起こった大火。その影には弱き者たちを陥《おとし》れんとする悪人の思惑が…。剣一郎、執念の探索行！

小杉健治　**秋雷《しゅうらい》**　風烈廻り与力・青柳剣一郎㉑

秋雨の江戸で、屈強な男が針一本で次々と殺される…。見えざる下手人の正体とは？　剣一郎の眼力が冴える！

小杉健治　**冬波《とうは》**　風烈廻り与力・青柳剣一郎㉒

下手人は何を守ろうとしたのか？　事件の真実に近づく苦しみを知った息子に、父・剣一郎は何を告げるのか？

小杉健治　**朱刃《しゅじん》**　風烈廻り与力・青柳剣一郎㉓

殺しや火付けも厭わぬ凶行を繰り返す、朱雀太郎。その秘密に迫った青柳父子の前に、思いがけない強敵が――。

小杉健治　**白牙《びゃくが》**　風烈廻り与力・青柳剣一郎㉔

蠟燭問屋殺しの疑いがかけられた男。だがそこには驚くべき奸計が……青柳父子は守るべき者を守りきれるのか!?

祥伝社文庫の好評既刊

小杉健治
白頭巾　月華の剣
新心流居合の達人・磯村伝八郎と、義賊「白頭巾」の顔を持つ素浪人・隼新三郎の宿命の対決！

小杉健治
翁面《おきなめん》の刺客《しかく》
江戸中を追われる新三郎に、翁の能面を被る謎の刺客が迫る！市井の人々の情愛を活写した傑作時代小説。

小杉健治
二十六夜待
過去に疵《きず》のある男と岡っ引きの相克、情と怨讐。縄田一男氏激賞の著者ならではの、〝泣ける〟捕物帳。

辻堂　魁
風の市兵衛
さすらいの渡り用人、唐木市兵衛。心中事件に隠されていた奸計とは？〝風の剣〟を振るう市兵衛に瞠目！

辻堂　魁
雷神　風の市兵衛②
豪商と名門大名の陰謀で、窮地に陥った内藤新宿の老舗。そこに現れたのは〝算盤侍〟の唐木市兵衛だった。

辻堂　魁
帰り船　風の市兵衛③
またたく間に第三弾！「深い読み心地をあたえてくれる絆のドラマ」と小梛治宣氏絶賛の〝算盤侍〟の活躍譚！